KB274300

들꽃 같은 갑물이

정·하·성 다섯 번째 수필집

들꽃 같은 강물이

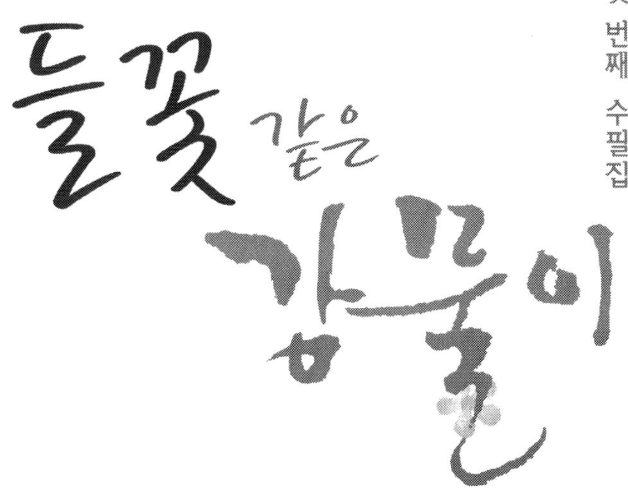

정하성 지음

한국학술정보㈜

머리말

철 따라 변하는 대자연의 순리를 따르면서 일상에 감사하며 살아갈 수 있음이 너무 행복하다. 예전에 몰랐던 희열과 보람 그리고 여유를 찾게 해 준 자연의 순리가 나를 한층 성숙하게 해 준다.

나뭇잎에 이는 바람 소리를 들으며 생명의 속삭임을 느끼고 따스한 한 줄기 햇빛의 고마움을 알기까지 얼마나 많은 시간을 방황했고 때로는 원망을 했던가. 봄날에 움트는 길섶의 새싹을 보며 기뻐했고 민들레 노란 꽃에 눈길을 주면서 발걸음을 멈췄던 시간이 너무 아름다웠다.

여름철에 그칠 줄 모르고 울어대는 매미 소리가 지겹지 않고 음악처럼 듣기 좋은 것도 청순한 마음 때문이었다. 푸른 녹음 우거진 가로수 길을 걸으며 나무의 소중함을 알았다. 매연과 소음을 막아주며 자신은 가쁜 숨을 몰아쉬는 도심의 가로수의 고충을 생각할 수 있었다. 자신의 희생을 통해서 남에게 도움을 주는 마음을 가로수는 나에게 전해주고 있다.

폭염을 피해 계룡산 계곡을 찾아 망중한을 즐기며 사색의 무게를 더해 갔던 시간도 아름다웠다. 삶은 모두가 소중하고 아름다운데 사람이 그것을 외면하는 모습이 안쓰럽다. 권력과 금력이 자연 앞에서 무슨 의미가 있겠는가를 생각하며 욕망과 경쟁의 마음을 씻을 수 있었다.

가로수 은행나무가 떨어뜨린 은행을 주우며 도시의 풍요로움을 찾았다. 산속의 도토리를 주우면서도 다람쥐와 산토끼의 겨울 먹이를 생각할 수 있었다. 변덕스런 인간의 감정을 버리고 변화무쌍한 대자연의 숨결을 찾아 삶을 반추해 보는 즐거움을 알게 된 것이 너무 행복하다. 인간의 삶을 초로와 같다고 표현하며 촌음을 아껴 쓰라는 선인의 지혜를 알게 됐다. 아름다운 길을 걸으면서 삶이 얼마나 중요한가를 절감했다.

자칫 오해하고 외톨이가 되기 쉬운 다양성 시대를 철 따라 변하는 자연을 보고 적응하며 사색하는 여유로움 속에서 살아왔다. 인간과 자연이 통합해서 살아갈 때에 진정한 고마움을 알고 자연의 위대함을 깨달을 수 있다.

삶의 그림자를 지워 가는 일도 중요하지만 그림자를 만드는 일이 더 중요하다. 때로는 토끼와 말을 만들고 쥐도 만들면서 즐기던 어린 시절의 손으로 그림자를 만들며 놀던 시간은 지나도 아름답게 기억에서 되살아난다.

조그만 일도 남에게 커다란 도움이 되고 만물에 이로운 언행을 찾아 실천해 가는 즐거움을 자각할 때에 세상은 훨씬 아름답고 좋아지리라. 나 자신의 자성과 수양하는 하나의 방법으로 틈틈이 수필을 쓰면서 올바른 길과 자신의 넉넉함을 깨닫고 감사하는 마음을 갖게 됨도 다행스러운 일이다.

여기에 수록한 수필은 나의 사사로운 일상에서 느끼고 찾아낸 마음과 언어들이다. 독자들과 공감의 영역을 넓히면서 이야깃거리가 되었으면 한다. 항상 염려와 사랑을 함께하는 가족과 친지, 여러 지인들에게 감사하며 행운이 함께하길 기원한다.

앞으로도 나 자신의 사고와 삶의 철학을 갈고 닦기 위해서 더 많은 시간을 할애해서 수필을 쓸 것이며, 이 글들이 독자 여러분과 공유할 수 있는 이야깃거리가 되길 바란다.

2010년 3월

한밭벌 괴정학당에서

정하성 씀

차 례

머리말 / 5

1. 시간을 지우며 / 11

2. 국화의 가을맞이 / 16

3. 곶감이 주렁주렁 열리는 집 / 21

4. 캠퍼스에 낙엽은 구르는데 / 25

5. 세상을 기쁘게 하는 사람들 / 31

6. 사은회의 소망 / 36

7. 우수리스크의 눈 내리는 밤 / 40

8. 어머님과의 이별 / 45

9. 여유와 포용의 숲 / 49

10. 어려움은 사랑을 키우고 / 56

11. 고마운 봄비를 맞으며 / 60

12. 心耕에 부지런해야 / 64

13. 경칩을 찾는 사람 / 68

14. 생명의 천하가 / 72

15. 유월의 바람 소리 / 76

16. 후쿠시마 마히르조의 새벽길 / 80

17. 장미에 우는 딸손이 잎 / 87

18. 동학사 계곡에 발 담그고 / 92

19. 떨어져 있어 봐야 / 96

20. 여름 가고 가을 오고 / 100

21. 신원사 된산 길 / 105

22. 성숙의 시간을 / 110

23. 돌돌이는 가고 / 114

24. 추석 성묘길 / 118

25. 도토리와 은행을 주우며 / 122

26. 갑천 산책길 / 126

27. 황혼의 차창가 / 130

28. 도솔산 사색 / 135

29. 단풍이 물들어 가듯 / 140

30. 공도의 들판 길 / 144

31. 겨우살이 준비 / 148

32. 잠 못 이루는 밤 / 152

33. 낙엽 지는 시간 / 156

34. 裸木의 세계 / 160

35. 겨울비 내리는 날 / 164

36. 정겨운 사람, 아름다운 사람 / 168

37. 겨울꽃 / 172

38. 유성온천 / 176

39. 바다의 출국 / 180

40. 경인년 새 아침에 / 185

41. 첫 만남 / 189

42. 나눔은 사랑이어라 / 193

43. 그래도 뒤를 돌아봐야 / 197

44. 음덕을 쌓아야 / 201

45. 새봄을 기다리며 / 205

46. 겨울나무 / 209

1. 시간을 지우며

사람은 빠르게 지나가는 시간을 아쉬워할 뿐이지 잡을 수 없어서 가치 있고 의미 있게 살아가야 한다. 후회하거나 아쉬워하는 삶을 살아서는 안 되는 이유다.

자신도 모르게 후회하는 일을 저질러 놓고 안타까워하며 살아가지만 이를 반복하거나 쉽게 망각해서는 안 된다. 학습효과가 지속적으로 나타나는 사람이 있는 반면에 바로 잊어버리는 사람이 있다. 아쉬움과 후회 없는 온전한 사람은 없다.

모든 사람은 후회하는 원죄를 지니고 태어난 것 같다는 생각이 든다. 본의 아니게 실수와 판단의 오류로 인해서 후회하는 일이 발생하게 된다. 후회되는 일은 자신에게만 그치지 않고 가족, 이웃, 사회 곳곳에 부담을 주기 때문에 반복해서는 안 된다. 항시 주의하고 되돌아보며 온전한 삶을 살기 위해서 끊임없이 노력을 기울이는 사람이 되어야 한다.

상황을 검증하여 옳고 그름을 분별할 수 없는 수준 이하의 사람이면 곤란하다. 올바른 가치관과 보편적 사고를 중시하면서 살아가야 한다. 꾸준한 노력을 통해서 수준을 향상시켜 가야 한다. 이해력을 넓히고 사고력을 키워서 포용과 관용의 미덕을 실천해 가야 한다.

사회관계에서 악연을 피하고 선연을 맺으며 살아가는 지혜가 필요하다. 피치 못할 악연이라면 당당하게 맞서서 이길 수 있는 인내심과 저력이 중요하다. 평탄하지 않은 삶의 길을 파도처럼 리듬을 즐기면서 살아가는 일은 슬기로움과 지혜에서 비롯됨을 알아야 한다.

세상은 선과 악, 기쁨과 슬픔, 만남과 이별, 성공과 실패가 반복되는 과정을 거쳐 가기 마련이다. 일희일비하지 말고 항상심을 갖고 살아야 한다. 권력과 금력을 손에 쥐었다고 날뛰는 어리석은 사람은 불쌍하기 그지없어 보인다. 정상에 오르면 하산을 생각하듯이 높을 때에 아랫사람을 배려하고 어려운 사람을 돌보는 마음을 실천해야 한다.

예의 바른 행동과 현명한 판단을 하면서 일상을 살아가야 한다. 기상과 더불어 하루 할 일을 계획하면서 자신 넘치는 생활을 기쁜 마음으로 하여야 한다. 나는 아직도 아침에 눈을 뜨면 오늘은 좋은 일이 있을 것 같다는 예감이 들어 마음이 설렌다. 다가오는 시간을 불안해하지 말고 감사한 마음과 희망을 가질 때에 자신감이 생기고 보람차게 생활할 수 있다.

매사를 긍정적으로 생각하면 모든 일이 이루어지며 참 희열을 느낄 수 있는 기회가 찾아오기 마련이다. 아무리 힘들고 어려워도 희망을 잃지 말아야 한다. 희망은 새로운 힘을 주고 가능성을 이루게 해 주는 원천이 된다. 설령 기대와 희망이 물거품이 되더라도 다시 기대와 희망을 갖는 마음이 필요하다.

마치 오뚝이처럼 넘어지면 일어서는 의지를 가져야 한다. 의지는 샘솟는 희망의 꿈을 가지게 해 주기 때문이다. 희망을 갖고 반복적으로 목표를 향해 노력하면 반드시 달성할 수 있다. 우리의 삶은 살아갈 가치가 있고 설렘이 있어 아름답다.

삶의 시간이 많이 남아 있지 않은 노인에게는 더욱 소중해서 보람 있게 보내고 싶어 한다. 생이 다하는 날까지 열심히 일하며 건강하게 살아가는 것은 축복이며 행복이다. 유한한 삶이기에 사람의 욕망 중 삶에 대한 애착이 제일 크다. 인간의 삶이 초로와 같다는 표현이 의미하듯 빠르게 지나가니 보람되게 살아야 한다는 말이다.

젊은 시절에는 시간의 빠름을 느끼지 못하여 낭비하고 나이 들어 후회하는 사람을 많이 보게 된다. 소중한 시간을 절약하며 뜻있게 살아가야 한다. 시간의 효용적 활용은 사려 깊은 지혜와 후회하는 일을 하지 않을 때에 가능하다. 매일매일 쌓이는 삶의 가치와 열매를 키우며 생이 다하는 날 미소 지으며 떠날 수 있어야 한다.

절실하거나 중요한 일이 아닌 사사롭고 쓸데없는 일에 시간을 보내서는 안 된다. 청소년기에는 실력을 쌓고 학습하는 데 시간을 보내야 한다. 시간을 쪼개서 학습연마에 최선을 다할 때에 사회를 위한 귀한 동량으로 살아갈 수 있다. 지식과 정보 획득을 위해 노력하고 체계 있게 관리하여 성인이 되어 유용하게 활용하여야 한다.

가치 있는 시간의 운용은 인생의 장래를 행복하게 만들어 준다. 삶의 목표 달성을 위해 성실하게 정진하는 노력이 아름답다. 밤새워 공부하고 연구하는 학인의 모습이 아름답고 쉼 없이 땀 흘려 열중하는 장인의 손길이 그러하다. 굳은살 박인 노동자의 손이 소중하듯 우리 사회는 최선을 다하는 모습을 칭찬하고 좋아한다.

너무나 보배로운 것들이 많아 삶에 활력을 준다. 자신의 주어진 위치에서 불평하거나 한눈팔지 않고서 묵묵히 살아가는 삶이 우리 사회의 발전과 안정을 지켜 주고 있다. 설령 그 목표를 달성하지 못해도 성실하고 열심히 노력했으면 보람과 가치를 찾을 수 있다. 사람의 삶은 결과보다 과정이 아름다워야 하기 때문이다. 아름다운 과정을 통하여 보람을 느끼며 성실함의 중요성을 자각하게 된다.

의욕을 유발시킬 수 있는 동기를 만들어 주는 계기도 아주 소중하다. 동기는 바로 행동으로 이어져서 실천하게 된다. 자신이 하고 싶은 일은 시간 가는 줄을 모르고 열중하며 가는 시간을 아까워한다. 게임에 중독된 사람들이 밤새워 게임하듯 말이다. 하기 싫은 일은 고통이며 고문에 가깝게 느껴진다. 짜증을 내며 마지못해서 하는 일이 결과가 좋게 나올 수 없다.

우리 사회는 뿌린 대로 거두듯이 원칙이 있고 정직해야 한다. 설령 거짓으로 한순간의 이익을 취하고 위기를 모면했더라도 반드시 진실은 밝혀진다는 사실을 인식해야한다. 진실하고 정직한 삶만이 진정으로 행복할 수 있다. 삶을 사랑하는 연인을 만나는 기쁜 마음으로 일하며 살아가면 행복하다.

자신의 능력과 소질에 맞는 일을 찾는 것이 중요하다. 명예, 권력, 금력은 영원할 수 없으며 한순간 머물다 사라지기 마련이다. 이것은 잠시 머물 뿐이지 오래가지 못해 성실하게 살아가는 것만 못하다. 의욕은 자신의 노력으로 충족이 가능하다. 공공의 가치 구현을 위해서 땀 흘려 노력해야 한다. 이것이 넘쳐 과욕에 이르게 되면 능력이 미치지 못하는 일을 하려고 수단, 방법을 가리지 않고 무리를 하다가 문제를 일으키게 된다.

과욕을 버리고 자신 찬 의욕을 갖고 최선을 다하는 생활이 무엇보다 중요하다. 우리가 흔히 마음을 비운다고 하는데 정말로 마음을 비우기는 쉽지 않다. 오랫동안 자기 수양을 위한 도야의 시간을 요구한다. 과욕을 버리고 분수에 맞는 현재의 역할에 만족할 줄 알아야 한다.

순수한 마음으로 올바르게 사물을 보고 세상을 느끼며 살아가는 지혜를 찾아야 한다. 그렇지 못하면 생활이 즐겁거나 행복할 수 없다. 행복은 마음먹기에 달려 있다고 한다. 긍정적인 눈으로 세상을 보면 만족하고 감사할 줄 알게 된다.

아름답고 소중한 이 세상을 함께 행복을 추구하며 살아갈 수 있는 사람이 되어야 하는 이유다. 유한한 삶을 타인지향적인 사고를 갖고 사랑하고 나누면서 살아가는 사람이 되길 바란다. (2008. 10. 1).

2. 국화의 가을맞이

　가을은 단풍과 국화가 있기에 한층 풍요롭다. 찬 서리 내리고 을 씨년스런 날씨에 환희를 느끼게 해 주는 국화이기에 사랑이 더 간다. 국화는 여름날에 피어나는 소국도 있지만 크고 넉넉하며 소담스럽게 피어나는 가을국화가 제격이다.

　물론 추국도 각양각색으로 소국처럼 작게 피어나는 국화도 있으나 대표적인 품종은 대국이다. 우리 집 옥상에도 노란 국화가 정겹게 피어났다. 생일선물로 받은 국화꽃을 아내가 화분에 꽂아 놓았는데 뿌리를 내리고 다시 한 번 꽃을 피웠다. 하나의 꽃다발로 두 번의 꽃을 보게 된 셈이다.

　지난 음력 시월 열나흘은 내 생일날이었다. 막내아들이 학교에서 집에 오는 길에 국화꽃 한 다발을 사다 '아빠 생신 축하드려요.' 하면서 준 국화이다. 식탁 위 화병에 꽂아 두었는데 한 달이 지나도 향기를 내뿜으며 분위기를 자아냈다. 덕분에 한 달간 국화향기를 맡으며 사랑하는 둘째 아들의 고운 마음을 생각하면서 식사를 할 수 있었다.

　아마 식물 중에서 국화처럼 꺾꽂이가 잘되고 생명력이 강한 꽃도 없을 것 같다. 꽃이 시들자 아내가 이것을 화분에 꽂아 놓은 것이 다시 아름다운 꽃을 피운 것이다. 집 옥상에서 아침에 노란 국화꽃을 보고 점심시간에 신문사를 찾았다. 가을에는 어지간한 사무실에는 국화꽃 화분이 놓여 있기 마련이다. 그만큼 우리 국민이 국화와 친근해진 것이다.

국화는 관상식물로 우리 국민들이 널리 집에서 가꾸고 있다. 줄기 아래쪽은 점점 단단해지며 키가 1m까지 자라기도 한다. 잎은 어긋나고 날개깃처럼 갈라졌으며 갈라진 조각의 가장자리에는 작은 톱니들이 있다. 꽃은 가을에 꽃차례로 무리 지어 한 송이 꽃처럼 피어난다.

꽃이 피는 시기는 품종에 따라 조금씩 다르다. 암·수술이 모두 있는 통상화(筒狀花)와 가장자리가 암술로만 된 설상화(舌狀花)로 피어난다. 꽃 색깔은 노란색·흰색·빨간색·보라색·주황색 등 품종에 따라 각양각색이다. 동양에서는 옛날부터 관상식물로 심었으며 사군자의 하나로 귀한 대접을 받아 왔다. 국화는 중국이 원산지이고 일부가 일본으로 들어가 많은 품종으로 개량되어 전 세계로 보급되었다.

우리나라는 기원이 고려 의종(1163) 때 왕궁의 뜰에 국화를 심고 이를 감상했다는 기록이 있다. 지금은 대부분 기관에서 국화꽃을 들여놓고 감상한다. 국화는 2천여 종이 넘는 품종이 있으나 지속적으로 신품종을 개발해 가고 있다.

반그늘지고 서늘하며 물이 잘 빠지는 흙에서 잘 자라난다. 신문사 복도에 놓인 국화는 우리 집 옥상의 국화꽃과는 비교할 수 없는 수준의 크고 아름다운 값나가는 꽃이다. 가정이나 사무실에 놓여 있는 화분 속의 국화는 가을분위기를 돋워 준다. 많은 사람들이 국화를 그림으로 그리고 시로 표현하며 노래했다.

국화 화분이 놓인 옆에 심은 팔손이나무도 오랜만에 하얀 꽃을 피워 벌들을 불러 모은다. 팔손이나무는 우리나라 천연기념물로 남해지방에서 자생한다. 십여 년 전 한 그루 갖다 심은 팔손이나무가 2m가량 자라났다. 팔손이나무는 상록의 작은키나무로 높이가 1~2m 정도 자라고 줄기는 사방으로 가지를 뻗으며 자라난다. 잎은 어긋나기로 일곱 갈래로 깊게 갈라져서 자라며 가장자리는 톱니가 생긴다. 사실은 잎이 일곱 톱니이어서 칠손이 나무여야 되는데 팔손이나무라고 부른다.

잎 톱니의 진화과정이 있었나 보다. 잎자루 길이는 30㎝ 정도이며 항암과 활성증진효과가 있으며 면역세포를 생성시키는 성분이 들어 있다. 실내공기정화에 효과가 커서 화분에 심어서 아파트 베란다에 놓으면 공기정화, 심미적, 환경개선에 크게 도움이 된다. 새집증후군으로 문제되는 사람에게 팔손이나무는 고마운 역할을 해 준다.

두통, 구토, 아토피성 피부염증 등 알레르기 증상을 유발시키는 새집증후군에 예방효과와 공기정화효과가 매우 커서 약용으로도 각광을 받고 있다. 학생들의 공부방에 놓아두면 음이온을 방출하고 이산화탄소를 흡수하는 기능이 뛰어나 건강에 도움을 준다. 기억력 향상에 뛰어난 효과가 있다. 팔손이나무가 아무리 다용도라지만 가을날의 그윽한 향내를 풍기는 국화만은 못하다.

역시 가을꽃은 국화가 제일이다. 크고 작은 국화꽃은 어느 곳에서나 향기를 풍기며 분위기를 안정적으로 이끌어 주는 마력을 지니고 있다. 서정주 시인의 국화꽃이라는 고교시절에 읽었던 시는 많은 세월이 가도 우리 마음에 감동을 준다.

"한 송이 국화꽃을 피우기 위해/ 봄부터 소쩍새는/ 그렇게 울었나보다./ 한 송이 국화꽃을 피우기 위해/ 천둥은 먹구름 속에서 또 그렇게 울었나보다./ 그립고 아쉬움에 가슴 조이던/ 머언 젊음의 뒤안길에서/ 이제는 돌아와 거울 앞에 선 내 누님같이 생긴 꽃이여/ 노오란 꽃잎이 피려고/ 간밤에 무서리가 저리내리고/ 내게는 잠도 오지 않았나보다."

방황과 역경을 극복하고 삶의 안정을 국화꽃을 보면서 생각하게 한다. 공자는 나이 사십을 불혹이라면서 인간의 원숙한 경지에 이르러 후회하지 않는 삶을 살아야한다고 말하고 있다. 국화꽃 시는 삶의 역정과 내 누님을 불혹의 나이에 원숙함으로 표현하고 있다. 심산유곡에 홀로 피었다가 시들어 가는 들국화의 정결함도 비할 바 없이 아름답다.

나는 열여덟 살쯤 되었을 때 심란한 마음을 어쩔 수 없어 산속을 헤매다가 들국화를 발견하고 코에 대고 냄새를 맡았던 일이 생각난다. 은은하고 향긋한 들국화향기는 세월이 가도 잊혀 지지 않고 생각이 난다.

국화꽃송이를 따서 말린 것을 뜨거운 물에 담갔다 마시는 국화차도 요즈음 인기이다. 말린 국화꽃을 베개 속에 넣어 만들면 은은한 향기 때문에 숙면을 취할 수 있다. 국화 향은 이렇듯 사철을 두고 다양하게 맡을 수 있어 좋다.

4천 원이면 국화꽃 한 다발을 살 수 있다. 이보다 더 좋은 선물은 없을 것 같다. 올해가 가기 전에 국화꽃 몇 다발을 사서 웃으며 선물하리라. 아직 나에게 국화꽃을 선물할 사람이 있음을 감사한다. 국화꽃다발을 받으면 다 즐거워하고 기뻐한다. 국화꽃을 전하는 마음으로 세상을 살아가면 갈등과 증오는 없어지고 행복한 세상이 이루어지리라 믿는다.

국화꽃을 기르는 사람, 파는 사람, 주고받는 사람은 모두가 하나인 것 같다. 다들 국화꽃을 사랑하며 좋아하기 때문이다. 머지않아 찬 서리 내리고 이를 머금고 청초하게 피어나는 국화꽃을 이 가을에 더욱 사랑하리라.

가끔은 가을이 국화를 맞이하는 것이 아니라 국화꽃이 가을을 맞이하는 것 같다는 생각이 든다. 국화꽃처럼 세상에서 자신이 항상 주인이 되고 주변인이 아닌 메인의 위치에 있는 것도 노력의 결과라고 생각해 본다(2008. 11. 9).

3. 곶감이 주렁주렁 열리는 집

　11월의 시골은 처마 밑에 감을 깎아 매달아 곶감을 만드는 풍경이 넉넉해 보여서 마음이 흐뭇하다. 보통 시골은 추수를 끝내고 숨 돌릴 틈도 없이 감을 따서 곶감을 만든다.

　곶감은 옛날부터 아주 귀한 음식으로 대접을 받아 왔고 많은 이야기를 품고 있다. 호랑이가 도망간 이야기는 유명하다. 옛날 어린아이가 깊은 밤에 엉엉 울어대기에 할머니는 울면 호랑이가 잡아간다고 했지만 울음을 그치지 않았다. 다시 할머니가 안 울면 곶감을 준다고 하자 어린아이는 울음을 그쳤다. 문밖에서 할머니 이야기를 듣던 호랑이가 나보다 더 무서운 곶감이 있구나 하면서 줄행랑을 쳤다는 이야기다.

　수많은 전설을 안고 우리와 가까웠던 곶감이 지금은 너무 흔해서 넘쳐난다. 충북영동군은 감나무를 가로수로 심어서 오가는 사람들을 풍요롭고 기쁘게 해 준다. 충주시는 사과나무를 가로수로 심었다. 지자체에서 고장의 특산물을 홍보하고 상징성을 키우기 위해서다. 지자체의 상징수를 가꿔서 주민의 정서를 키우고 지역특산물을 알리는 방법은 현명한 것 같다.

도로가에 빨간 사과며 노란 감이 주렁주렁 열려도 그것을 따 가는 사람이 없다. 높아진 시민의식과 감상하려는 마음의 여유가 커진 것 같다. 60년대만 해도 먹을 것이 없어서 과일을 밤에 따다 먹는 서리가 미풍양속처럼 관례로 행해졌다. 여름에는 자두며 수박과 참외를 서리해서 먹고 앞 냇가에서 미역을 감으며 피서를 즐겼다. 주인은 다음 날 잃어버린 과일을 보며 누가 따 갔구나 하면 그만이다.

1972년 진주농과대학에서 세미나가 있어 친구와 진주에 갔다. 대학교 옆에는 수확을 맞춘 참외밭이 있었다. 여학생이 신기한 듯 참외밭에서 주먹만 한 참외 하나를 땄다. 갑자기 농부가 나타나 그간 잃어버린 참외 값을 다 변상하라며 윽박질렀다. 우리는 호주머니를 털어서 변상하고 간신히 진주에서 경부선 완행열차를 타고 여섯 시간 동안 물 한 모금 마시지 못하고 대전까지 서서 왔다.

달라진 지역인심과 시대의 특성을 절감했던 기억이 난다. 빨갛게 속살을 드러낸 깎은 감은 집 주위의 잎을 떨어뜨린 나목과 조화를 잘 이룬다. 곡간마다 가득한 곡식은 농부가 여름철 흘린 땀방울의 대가다.

우리 집 뜰에 있는 두 그루의 감나무에 4백여 개의 감이 열렸다. 품종이 월하로 크며 달아 맛이 일품이다. 금년에는 아내가 한의원에 다니며 한약 찌꺼기를 얻어다 감나무에 준 결과 감이 더 크고 달아 맛이 너무 좋다. 아내는 며칠 전부터 삼 일 동안 쉬엄쉬엄 감을 땄다. 물론 아내가 감나무에 올라가서 감을 따면 나는 감나무 아래서 바구니에 받아 담는 일을 하였다.

아내는 학창시절에 핸드볼 골키퍼를 해서 운동신경이 잘 발달되었다. 바구니마다 가득한 감을 보니 풍년의 넉넉함을 만끽할 수 있었다. 감을 정성껏 깎아서 곶감을 만들고 홍시를 만드는 일이 모두 아내 몫이다. 먹는 일만 내 몫이 된다. 하루에 많이 먹을 때는 여섯, 일곱 개를 혼자서 먹는다.

홍시를 다 먹으면 곱게 분칠한 곶감을 냉장고에서 꺼내 먹는다. 곶감은 한꺼번에 홍시처럼 많이 먹을 수가 없다. 두세 개 먹으면 질려서 더 이상 먹지 못한다. 달콤한 홍시와 곶감을 먹을 때마다 아내에 대한 고마운 생각이 든다.

감과 아내에 대하여 진정으로 감사한 마음이 드니 이제 내가 철이 들어 가는 것 같다는 생각에 실소를 금치 못한다. 사람은 죽을 때까지 깨닫고 새롭게 다짐하며 산다는 말의 의미를 알 법하다. 풍성함 속에 아쉬움이 있다면 지난 봄날 감꽃이 너무 많이 떨어지고 열린 감의 70% 정도가 떨어졌다. 그래도 얼마나 많이 열렸는지 수백 개의 감이 주렁주렁 매달려 있는 것이 다행스럽다.

아내가 문해운동을 하면서 알게 된 할머니들한테 들은 이야기라면서 막걸리를 주면 감이 떨어지지 않는단다. 아마 막걸리에 들어 있는 성분이 낙과를 방지하는 역할을 하나 보다. 내년에는 막걸리를 몇 병 사다가 감나무에 뿌려 주려 한다. 감나무도 골고루 영양분을 섭취해야 충실한 열매를 맺는다.

편식으로 인한 청소년의 비만이 많은 오늘날 감나무를 보고 지혜를 얻어야 한다는 생각이 든다. 청소년들의 편식과 불규칙한 식생활은 건강을 크게 해치고 있다. 청소년기의 균형 잡힌 식생활과 규칙적인 생활이 후일 성인이 되어 건강을 지켜 갈 수 있는 것처럼 감나무도 어릴 때에 골고루 영양분을 공급해야 낙과가 되지 않는다.

감나무는 하나도 버릴 것이 없는 귀중한 나무다. 감나무 잎은 음건해서 차로 달여 마시면 고혈압 등 성인병을 예방하고 치료해 준다. 나무는 공예품 자료로 쓰인다. 그런데 감이 너무 흔한 탓에 대접을 받지 못하고 있다. 가격이 너무 싸서 따는 인건비마저 나오지 못해 방치하는 감들이 산과 들에 부지기수다.

  옛날에는 아주 귀한 과일로 대접을 받았다. 젊은이들의 식성이 변해서 감을 먹지 않기 때문이다. 우리 집 두 아들과 아내도 감을 입에 대지 않는다. 오직 나만 감을 좋아한다(2008. 11. 11).

4. 캠퍼스에 낙엽은 구르는데

교정의 나무들이 한 잎 두 잎 잎을 떨어뜨리고 가을바람은 떨어진 낙엽을 이리저리 굴리면서 지난 시간을 노래한다. 모과나무, 단풍나무, 느티나무, 벚나무, 은행나무, 목련나무가 맑은 가을 날씨 덕분에 붉고 노란 색으로 곱게 물들었다.

꽃사과 떨어지자 뒤를 따라 찾아온 교정의 나무들이 형형색색으로 단장을 한다. 그러나 단풍은 아름다운 자태를 뽐낼 여유도 없이 가을바람에 지고 만다. 아쉽고 서러운 마음이 든다. 한편으로는 내년 봄에 푸른 새싹을 키우기 위해 준비하는 시간이 필요한 거라며 위안을 삼는다.

아름답고 소중한 것은 쉽게 사라지기 마련인가 보다. 꽃이 그러하고 젊음이 그러하지 않은가. 권력의 무상함과 삶의 덧없음이 그러하다. 세월의 무상함과 빠름을 절감하여 촌각을 아껴 쓰는 사람이 오래 살고 보람되게 살아가는 것임을 인식하여야 한다. 밤새워 책을 읽으며 부지런히 학문연마를 하는 젊은이의 내일은 행복이 기다릴 뿐이다.

태만하고 인생을 낭비하며 쾌락에 빠지거나 일탈된 행동을 하는 사람의 미래는 불행과 후회만 있을 뿐이다. 무더운 여름날 교정을 녹음으로 덮어 주었던 고마운 나무들이다. 보라색 꽃을 피웠던 등나무도 잎을 떨어뜨릴 준비를 하는 듯 생기를 잃어 가고 있다.

학생들이 등나무 그늘 아래서 자장면을 배달해서 시켜 먹고 정다운 이야기를 나누던 사랑과 인정이 넘쳐나는 나눔의 터전이다. 어떤 학생은 조용히 책을 읽던 사연이 많은 정겨운 곳이다. 때로는 남녀학생이 사랑의 밀어를 나누던 곳이기도 하다. 등나무 아래의 사랑의 추억을 그리며 지금은 아이를 키우며 살고 있을 제자가 생각난다. 퍽이나 수줍고 청순한 학생이 지금은 어엿한 어머니가 되어 있을 것이다.

육각정 소나무 정자에도 영산홍이며 철쭉이 지난날에 화려한 꽃을 만개시켰던 시간을 지우며 단풍을 빚어내고 있다. 세상이 온통 초록빛을 잃어 가는 시간을 재촉한다. 육각정 아래 연못이 있어 빨간 금붕어가 함께 놀았으면 하는 아쉬움이 항상 남는 곳이다. 금붕어가 유희하는 상상을 해 보며 혼자 미소 짓던 곳이다.

우리 선조들은 정자 아래 연못을 만들어서 금붕어를 기르며 여유와 낭만을 즐겼다. 자연의 아름다움이나 정서적 공감은 세월을 뛰어넘어 공유하는 것 같다.

화사한 봄날 학생들의 성화에 못 이겨 벚나무 아래서 야외강의를 하던 일이 생각난다. 바람에 휘날리는 벚꽃 잎을 맞으며 따사로운 봄볕 속의 강의도 재미있었다. 벚나무 아래 앉기 좋은 돌 위에 학생들이 둘러앉고 나는 서서 강의를 하였다. 이미 낙엽을 떨어뜨려 나목이 된 벚나무는 몇 주일 전만 해도 고운 잎을 달고 있었다. 몇 잎 남지 않은 잎마저 견디기가 힘겨운지 내려놓을 준비를 하는 것 같다.

연구실을 오르내리는 길가의 느티나무, 단풍나무, 은행나무, 층층나무 잎도 곱게 물들어 간다. 지는 낙엽이 아름다운 것은 산악인이 정상을 오른 후 맛보는 성취와 정복의 희열처럼 내년 봄을 잉태하여 새싹을 준비하기 때문이다. 정상에 오르는 것은 목적을 달성하고 내려가는 시작의 첫걸음이다.

인간의 권력도 그러함을 알고 높은 자리에 있을 때 겸손하고 덕을 베풀며 인정을 쌓아야 한다. 자연의 섭리가 인간에게 가르쳐 주는 교훈이다. 그러나 어리석은 사람은 그것을 모르니 안타깝고 답답할 뿐이다. 대자연의 윤회에는 부러움도 부족함도 없이 공평함뿐인 것을 알아야 한다.

덧없이 떨어지는 노란 은행잎은 수북이 쌓여 도심 가을 낙엽의 대표 자리를 잡아 가고 있다. 은행나무는 탄닌과 같은 독특한 성분 때문에 벌레가 먹지 못하고 잎이 많아 가로수로 각광을 받고 있다. 옛날에는 은행은 환갑 잔칫상에 오르거나 약용으로 귀한 대접을 받아 왔다.

지금이야 중국산 은행이 들어와 가격이 폭락하여 인건비도 건질 수 없어 떨어진 은행을 줍는 사람조차 없다. 옛날에는 집안에 은행나무 한 그루가 있으면 부자행세를 할 수 있었다. 백 년 된 은행나무 한 그루면 아들을 대학에 보낼 수 있는 수입이 되었다.

다행이 지금은 관광자원으로 은행잎이 한몫하고 있다. 일본관광객이 '겨울연가' 촬영지인 남이섬을 자주 찾자 경기도 가평군청에서는 일본사람이 좋아하는 은행나무 잎을 길거리에 깔아 놓아 즐길 수 있게 해 주고 있다. 서울 강남 지역의 가로수인 은행나무 잎을 모아 남이섬으로 보낸다. 소각비용보다 훨씬 경비가 적게 들고 관광자원으로 활용할 수 있어 일거양득이다.

관광시대에는 주위의 모든 것이 훌륭한 자원이 될 수 있다. 대학 캠퍼스는 젊은 시간이 머물면서 한 매듭, 한 매듭 시간을 엮어 가는 공간이다. 7주가 지나면 중간고사를 보고 다시 8주가 지나면 방학을 맞이한다. 19세에서 23세의 젊은 남녀학생들이 모여 배우며 생활하는 곳이다.

23살에 4학년이 되어서 졸업하면 다시 19살의 1학년생들이 입학을 한다. 가장 발랄하고 패기 넘치는 집단이 모여 사는 곳이다. 70학번인 나는 대학시절을 민주화의 열망 속에 군사독재정권에 대한 울분을 가을날에 낙엽을 깔고 앉아 오징어 안주에 소주잔을 기울이면서 밤을 지새워 이야기를 나누던 일이 생각난다.

정치적으로 어렵고 경제적으로 여유가 없던 시절에 오징어에 소주는 흔하지 않은 음식이었다. 선선한 가을바람, 소주와 오징어 안주는 대화를 이어 가기에 충분했다. 끊이지 않는 열띤 토론 속에 시간 가는 줄 모르고 통금을 넘겼던 시간도 있었다. 그때만 해도 열두 시 통행금지 사이렌이 울리면 경찰이 길 가는 사람을 파출소로 연행해 가 아침 5시 통금이 해제가 되면 귀가시켰다. 나도 가끔은 파출소에서 밤을 보냈던 일이 새롭다.

하고 싶은 이야기도 많았고 불평불만도 컸던 시절이다. 지금은 역사의 뒤안길에서 아쉬운 시간이 되었지만 그때가 그리워진다. 선악을 떠나 지난 시간은 돌이킬 수 없기에 소중해진다. 지금의 시간에 충실하고 감사하며 생활해야 할 이유가 여기에 있다.

인생을 알차게 살아가는 첫 번째는 시테크를 잘하는 사람이다.

시간의 활용을 공학적으로 합리성과 효율성을 중시해서 운용해 가는 것이다. 일상의 사용하는 물건을 체계적으로 배열하여 접근성을 높이고 최선의 노력으로 효율성을 높여 가야 한다.

두 번째는 불필요한 시간의 낭비를 막는 데 있다. 삶을 기우와 근심 때문에 번민하고 귀한 시간을 낭비해서는 안 된다. 80% 정도가 불필요한 생각을 한다는 주장도 있다. 꼭 고민하고 생각해야 할 일만을 처리해야 한다.

사고와 의식의 오류를 막을 수 있는 지혜가 필요하다. 두뇌의 공간을 새로운 지식과 정보로 가득 채우고 활용하려는 노력을 끊임없이 기울여야 한다. 인간 자신의 뇌기능은 일생 동안 불과 몇 퍼센트만 활용하다 만다고 한다.

독일의 문호 괴테는 70살에 책을 읽기 위해 새로운 외국어를 배웠다. 우리는 아직 젊다. 남은 열정과 능력을 자신과 사회를 위해서 활용하는 자세를 가져야 한다. 무한한 가능성은 청소년만의 전유물이 아니라 모든 사람의 특권임을 생각하여야 한다.

나는 항상 청소년들에게 자아존중감을 심어 주기에 부지런하다. 꿈과 소망을 심어 주며 그것을 키워 가도록 격려를 아끼지 않는 일을 즐겁게 한다. 친구 같고 연인 같은 친밀한 관계를 유지하기 위해서는 많은 인내와 노력이 필요함을 낙엽이 질 때면 깊이 느껴 본다.

학창시절 많이 읽었던 시몬 낙엽 밟는 소리가 들리지 않느냐는 시구는 그 시절에는 무척이나 낭만적으로 느껴졌다. 청마 유치환 선생의 그리움이란 시도 외웠다. "파도야 어쩌란 말이냐/ 파도야 어쩌란 말이냐/ 임은 뭍처럼 까닥 않는데/ 파도야 어쩌란 말이냐/ 날 어쩌란 말이냐" 불과 다섯 줄의 시는 사랑하는 연인에 대한 마음을 너무 애틋하게 잘 표현하고 있어 참으로 좋았던 생각이 난다. 수많은 문인의 시와 수필이며 소설을 읽어 사고체계를 넓혀 가야 창의성도 생기기 마련이다.

현실이 아무리 각박하고 힘들어도 젊은 시절의 원대한 꿈을 잃어버려서는 안 된다. 현실은 하루하루 살아가기가 힘들고 불안한 내일 때문에 낭만을 가까이할 수 없으며 사치같이 생각하는 사람이 있어 아쉬울 뿐이다. 휴식 없는 전진은 없듯이 때로는 낭만과 멋을 찾을 수 있는 여유를 가져야 한다.

순수한 자연의 품에 안겨 사색의 시간을 만끽하는 행복보다 더 큰 것은 없을 것이다. 넘치는 자신감과 패기를 갖고 최선을 다해 갈 때에 어려움도 극복해 갈 수 있다. 젊음은 길지 않지만 아름답고 멋있을 뿐이다. 이 아름다움과 멋을 마음껏 누리면서 내일의 꿈을 이뤄 가는 성실한 노력의 땀방울을 흘려야 한다.

젊은 대학생들은 고뇌의 시간도 필요하지만 이를 극복하고 여유와 낭만을 찾을 수 있는 마음을 갖고 아름다운 추억을 간직할 수 있는 시간을 만들어 가는 일이 중요하다. (2008. 11. 14).

5. 세상을 기쁘게 하는 사람들

나는 서울행 무궁화열차 3호차 끝부분 좌석에 앉았다. 평택에 있는 대학에 출근하기 위해서다. 30대 초반으로 보이는 곱상하게 생긴 아주머니가 열심히 책을 읽다가 앞부분(7미터) 문 쪽으로 황급히 걸어가더니 80대쯤 되어 보이는 생면부지의 병색 짙은 할아버지를 모시고 와서 자신의 자리를 양보한다.

자리에 앉은 할아버지를 흐뭇한 눈빛으로 바라보는 얼굴엔 밝은 미소가 감돈다. 자신은 서서 갈 수 있는 건강이 있음에 감사하면서 기꺼이 자리를 양보했을 거라는 생각이 든다. 아직도 살아 있는 인정과 어른을 공경하는 아름다운 마음은 우리 사회를 살맛나게 해준다.

인간의 존엄한 가치는 이렇게 존중받을 때에 빛이 나기 마련이다. 우리 민족의 어른을 공경하는 가치는 세월이 가도 의미가 퇴색될 수 없음이 다행스럽다. 글로벌시대의 국가경쟁력의 중요한 요소가 될 수 있다. 힘이 없어 자리에 앉기를 바라고 있을 때에 그런 마음을 이해하고 선뜻 자리를 양보하는 마음이 아름답다.

종종 20대 젊은이가 버스나 기차 등 대중교통수단을 이용할 때에 장애인이나 노인이 오면 얼른 눈을 감아 버리는 모습도 본다. 얼마나 보기 싫은 광경인가. 양보는 사랑의 씨앗을 심을 수 있는 터전을 만드는 일과 같다.

나는 어느 날 황급히 집을 나서 입석기차를 탔다. 미처 바지의 지퍼를 올리지 못했다. 족히 칠십은 들어 보이는 백발의 할머니가 쪽지를 건네기에 받아 보았다. '선생님, 지퍼가 열렸습니다.'라고 적혀 있었다. 말을 하면 미안할 것 같아 쪽지로 적어 준 것이다. 약간 얼굴을 붉히면서 창피한 듯 돌아서서 지퍼를 올렸다. 할머니는 안도한 듯 엷은 미소를 짓는다.

조그만 일까지 남을 생각하고 배려하는 마음이 정말 아름답다. 우리 세상은 조금만 관심을 갖고 남을 생각하면 얼마든지 더 아름다워질 수 있다. 상대방 입장에서 남을 생각하고 배려하는 마음은 우리 사회를 아름답게 만들어 준다. 돈이 아니더라도 타인을 이해하고 배려하며 도와줄 수 있는 일이 너무 많다. 우리는 이것을 무관심으로 외면한다. 사회는 점점 더 각박해지고 재미를 상실해 갈 수밖에 없다.

평택역에서 스쿨버스를 타면 20대 초반의 젊은 여대생이 자리양보는 고사하고 책가방마저 들어 줄 생각을 하지 않는 현실에 아주머니의 자리를 양보하는 모습은 정말로 감동적이었다. 자리에 앉은 학생도 내가 이 학교 교수인 줄을 알 터인데. 문제는 자신 위주의 편하고 안이한 사고와 타인에 대한 무관심으로 외면해 버리는 태도이다.

옆을 돌아보고 남을 생각할 수 없는 삭막하고 각박한 현실의 산물이기도 하다. 기차역에서 내려 무거운 짐을 양손에 들고 계단을 힘겹게 걸어가는 초로의 아저씨를 보고 선뜻 짐을 들어 주는 젊은 남학생의 얼굴이 상기된 듯 붉어져 있다. 몸은 힘들어하지만 얼굴엔 행복한 환한 미소가 가득하다. 남을 위해 조그만 것을 베푸는 마음이 정말로 보기 좋고 아름답다.

구걸하는 걸인에게 정성스럽게 미안한 듯 천 원짜리 지폐 한 장을 주면서 흐뭇해하는 사람을 가끔 볼 수 있다. 수십 년을 추운 겨울에도 아랑곳하지 않고 역전에서 저녁식사를 대접하는 사람들이 있다. 굶주리고 시장한 배를 채워 주는 밥 한 그릇은 그들에게는 아주 소중한 음식이다. 아직도 사회 곳곳에서 벌어지는 인정의 따뜻한 마음과 사랑은 이어지고 있다.

유산 안 남기고 사회에 환원하기 운동도 상당히 빠르게 진행되고 있다. 평생 안 먹고 안 써서 아끼고 모은 전 재산을 대학이나 병원, 사회복지시설에 기부하고 기쁜 마음으로 여생을 보내는 사람들이 늘어나고 있다.

경상도 어느 산골마을 계곡 옆 공지를 개간하여 배추와 무를 심어서 여름내 정성껏 가꾸어 가을에 수확을 한다. 이것을 새마을 부녀회원들이 자급자족한 고추와 마늘을 이용하여 김장김치를 담근다. 정성이 깃든 김치를 독거노인을 비롯한 어려운 이웃에게 10여 년을 나누어 주고 있다.

새마을회는 38년 동안을 이웃을 위하여 자발적으로 도와주고 공익과 사회발전을 위하여 조건 없이 헌신적으로 일해 왔다. 사랑과 선행은 돈이 없어도 마음만 먹으면 얼마든지 도울 수 있다는 사실을 확인시켜 주는 현장이다. 자신의 능력범위 안에서 할 수 있는 일을 스스로 찾아서 남을 도우려는 마음의 풍요로움을 우리는 함께해야 한다.

우리 사회는 사랑과 인정이 넘치는 살 만한 사회다. 돌아가신 할머니는 60년대 먹을 것이 부족했던 시절 방물장수나 새우젓장수가 찾아오면 호박죽이나 막걸리로 배고픈 그들의 배를 채워 주었다. 빈손으로 보내지 않고 막걸리 한 사발이라도 대접했던 할머님의 넉넉한 마음이 그리워지는 세상이 됐다.

있어도 베풀지 않고 더 많이 모으려는 사람에게 나눔의 환희를 느끼게 해 주어야 한다. 세상은 추운 겨울날도 이들이 있어 따뜻했던 시절이 그리워진다. 함께하려는 마음과 정성이 있어 춥지 않고 외롭지 않은 사회를 만들어 가야 한다. 있는 것을 서로 나누고 어려움을 함께하면서 해결해 가는 아름다운 세상을 위해서 마음과 마음을 모아야 할 때이다.

나누는 것은 값싼 동정이 아니라 함께 공유하는 공동체를 실현하려는 마음의 실행이다. 끊임없이 나누고 줄 수 있는 사람은 행복하다. 서울 산비탈 움막 같은 허름한 집에서 할머니가 길가에 버려둔 개를 도저히 지나칠 수 없어 한 마리 두 마리 주어다 기른 것이 수십 마리가 됐단다. 자신은 차가운 방바닥에서 잠을 자면서도 개들이 추울까 봐 전기장판을 깔아 주었다. 설명을 하면서 눈물이 어려 말을 잇지 못한다. 연탄 배달 온 사람을 그냥 보낼 수 없어 따뜻한 호박고구마를 쪄서 내온다.

항상 남에게 베풀면서 살아온 할머니에게 좀 더 여유가 있었으면 많은 사람들에게 사랑을 나눌 수 있었을 텐데 하는 아쉬움이 든다. 돈이 있는 사람은 뜻이 없고 돈이 없는 사람은 뜻이 있어 서로 조화를 이루며 살아가는 세상이다. 이 할머니는 정말로 풍요롭고 행복하게 삶을 살아가고 있다는 사실이다.

우리 주변에는 자신이 할 수 있는 일을 찾아서 실천해 가는 것만큼 값있는 일이 없음을 알아야 한다. 각자의 위치에서 조금씩 찾고 베풀면서 살아가는 아름다운 공동체는 관심과 사랑에서부터 시작된다. 우리 모두 아름다운 공동체 건설과 사랑의 실천을 위해서 지금부터 실천해야 한다. (2008. 11. 28).

6. 사은회의 소망

오늘은 졸업생들이 사은회 자리를 마련해 주었다. 사랑스럽고 정든 졸업생 30여 명과 함께했다. 이들과 동고동락한 청소년복지학과 교수 4명도 자리를 같이했다. 사은회마저 없어진 대학도 많이 있는데 학생들의 상(床)을 받기가 조금은 미안한 마음이 든다. 그동안 나는 이들을 위해서 얼마나 많은 사랑을 쏟고 기도를 했는가를 자문해 본다.

좀 더 많은 사랑과 관심을 주었더라면 하는 가정 속에 아쉬움이 스며든다. 내 아들처럼 찾아가서 고민을 함께 나누고 문제를 풀어 줬으면 하는 못다 한 아쉬움이 또한 크다. 말없이 흘러가는 시냇물처럼 매년 졸업하고 입학하는 행사가 반복된다.

흐르는 시냇물의 노래가 같지 않듯이 학생들의 모습도 다르게 느껴진다. 어느 해는 유난히 공부에 관심이 많은 학생들이 입학하고 어느 해는 얼굴이 예쁜 학생들이 많은 해가 있다. 학생들 한 사람 한 사람에게 사랑과 정성을 쏟으려 노력했지만 그렇지 못한 것이 안타깝다.

매년 졸업생이 나가고 다시 신입생이 들어오기를 이십 년 넘게 보면서 항상 아쉬움이 쌓인다. 어쩌면 이것이 사람의 한계인지 변명인지 모른다. 마음은 항상 좀 더 관심을 갖고 사랑을 나누리라 생각하지만 시간이 지나면 얼마나 실천했는가에 의구심이 든다. 졸업생이 취업하여 가슴 설레는 사은회가 되었으면 부담이 덜할 것 같은 생각이다.

몇몇 학생은 취업하여 밝은 미소를 지으나 대부분 학생들은 아직 취업걱정을 해야 하는 현실이다. 문제는 직장의 보수와 근무여건이다. 청소년시설과 기관에 쉽게 취직이 되지만 비전이 없고 보수가 적고 여건이 열악하여 오래 근무하지 못한다. 금융기관의 70% 정도의 급료는 이들의 생활을 힘들게 만든다. 아무리 사명감에 불타고 열정이 있어도 현실의 벽을 넘기가 쉽지 않다. 청소년지도자의 처우 개선과 육성기금 조성이 절실한 이유다.

청소년이란 미래가치를 인식하여 국가에서 투자하고 보듬어야 미래의 번영과 발전을 기대할 수 있다. 청소년지도자에게 충분한 보수를 해 주고 사회적 대우를 해 주어야 우수한 지도자가 배출되고 일을 잘 감당할 수 있다. 청소년정책의 변혁을 기대하며 국민들의 의식전환이 요구된다.

격변하는 사회에서 평생직장이란 개념이 서서히 사라지고 한평생 살아가면서 몇 번의 직장을 옮겨야 하는 세상이다. 실적이 오르지 않고 능력이 변변찮은 사람은 언제고 사직을 해야 하는 형편이다.

그러나 분명한 것은 재임기간의 길고 짧음을 떠나 얼마나 자신에게 충실하였고 보람과 가치를 창출하였느냐가 중요하다. 특히 청소년지도자는 청소년에게 꿈과 비전을 심어 주고 아름다운 추억을 만들어 주기 때문에 다른 직종과는 차원이 다르다.

격변하는 사회가 요구하는 능력과 실력을 갖추기 위해서 자신의 능력을 개발하고 역량을 키워 가는 길이 우선이다. 청소년이 지도자를 보면서 닮아 가고 인격을 도야해 가야 하기 때문이다. 취업하기가 하늘의 별 따기보다 어려운 현실 앞에 무기력한 자신이 원망스럽기도 하다. 내가 추천하여 말 한마디로 취업을 시킬 수 있었으면 하는 생각을 해 본다.

얼굴이 예쁘고 마음씨 착하고 건강한 제자들은 볼 수록 한 사람 한 사람이 소중하다. 매사에 적극적이고 긍정적인 성실한 학생들이기에 더 많은 애정이 간다. 시험과 성적에는 관심을 접고 왜 학교를 다니는지 의문이 가는 몇몇 학생도 함께했다.

자아정체성 확립을 위해 그렇게 긴 고민의 시간을 보낸 것 같아 너무나 안타깝다. 자신의 일에 본분을 다하는 사람이 되어 사회구성원으로부터 사랑을 받는 졸업생이 되길 소망한다. 꾸준히 노력하여 실력과 인격을 연마하여 자신의 가치를 높여 가야 한다. 3연패의 교내 체육대회기록을 세우고 즐거워하던 이들이었다.

족구, 발야구, 피구, 농구, 배구, 릴레이경주, 줄다리기 종목에서 모두 이겼다. 단결심과 리더십으로 구성원들의 힘과 마음을 한데 모은 결과다. 경기전략이 치밀하고 뛰어난 리더십과 멤버십의 결과이기도 하다. 우승의 기쁨을 교수에게 전하려 헹가래를 치면서 기뻐했다.

음식점에서 맥주 한잔 마시면서 웃고 재잘대며 시간 가는 줄 모르는 이야기가 풍성한 학생들이다. 전학과생들이 함께 이야기하며 우승의 기쁨을 만끽하던 모습이 엊그제 같은데 벌써 졸업이다. 지금은 이별을 나누는 이야기로 시간을 지워 간다.

호남이 고향인 소희에게 고향의 청소년시설에서 일하는 것이 좋을 것 같다고 말하자, 고향보다 서울에서 근무하는 것이 더 좋다고 말한다. 고즈넉하고 조용한 고향보다 화려하고 웅장하며 풍요로운 서울이 더 호감이 가는 모양이다.

고향에 대한 생각도 젊은이들과 상당한 차이가 있는 것 같다. 확신은 자신의 삶을 스스로 해결해 가려는 의지의 실천이다. 확신을 갖고 자신의 적성과 꿈에 맞는 직장을 찾아서 행복하게 생활했으면 하는 바람이다.

모든 것을 할 수 있다는 패기와 도전정신이 이들에게는 넘쳐흐른다. 다만 그것이 모험이 되고 실패가 될까가 두려울 뿐이다. 젊은 졸업생들아, 두려워하거나 망설이지 마라.

미래는 준비하고 개척하는 도전자의 몫이다. 도전은 설렘이 있고 희망과 행복이 넘치기 마련이다. 그렇지 않으면 하나도 얻지 못할 것이다. 아름다운 도전 끝에 얻는 희열은 그것이 성공이든 실패든 문제가 되지 않는다.

도전과정에서 최선을 다하는 노력이 중요함을 알아야 한다. 꽃이 피는 모습이 아름답듯이 노력하고 땀 흘리는 모습이 아름다워야 한다. 어둠이 깔린 평택 길을 걸으며 학생들의 내일에 행운이 충만하길 진정으로 바란다(2008. 12. 9).

7. 우수리스크의 눈 내리는 밤

큰아들이 내년 1월에 대학원에서 러시아지역학을 전공하여 석사학위를 받는다. 막내아들과 삼부자가 처음으로 해외여행길에 올랐다. 대전역에서 시외버스를 타고 5시간을 달려서 속초항에 도착했다. 크리스마스이브 날 속초항에서 배를 타고 23시간을 달려서 블라디보스토크에 왔다.

모처럼 삼부자가 한 공간에서 같이 있다는 사실만으로도 너무 행복하고 감사했다. 동해의 겨울바다는 풍랑이 없이 잔잔하다. 배는 비행기 같지 않아 넓은 갑판, 오락실, 휴게실, 세면장, 주방, 식당, 헬스장, 상점 등 여유 있는 시설에 쉽게 동행하는 사람과 친해질 수 있는 장점이 있다. 교통비도 비행기보다 40% 정도로 저렴하다.

문제는 공해로 돌아가므로 시간이 너무 많이 걸려서 지루하다는 것이다. 남북의 분단과 대립의 비극이 아직까지 우리를 괴롭힌다. 나는 십여 년 전에 중국 청도와 대련을 배로 24시간 이상 여행을 해 본 경험이 있어 밤배의 낭만을 좀 알고 있다. 동해의 밤바다를 지나며 수많은 사색의 땅을 개척해 본다.

갑판에서 동해의 겨울바람을 맞으며 우리 민족의 역사를 생각해 본다. 반만년의 비극의 숨결이 들려오는 것 같다. 땅거미가 짙어질 때에 블라디보스토크 항구에 내리니 마중 나온 아들 친구가 안내를 한다. 택시를 타고 호텔로 향했다. 덩치 큰 러시아 택시운전사의 몸엔 담배냄새가 찌들어 있고 차 안은 담배연기가 배어 있어 창문을 열어도 냄새가 빠지지 않았다.

보드카와 담배를 즐겨 마시고 피우는 러시아인들은 겨울을 좋아하며 즐기는 것 같아 보였다. 십 분 정도를 운행하여 택시는 블라디보스토크 호텔에 도착하였다. 택시 값도 타기 전에 흥정해야 하는 러시아의 후진적 교통시스템이 신기해 보인다.

호텔 로비에서부터 마구 피워 대는 담배연기 때문에 고통을 감내하기 힘들었다. 호텔에서 여정을 푼 후 첫 번째 관광지로 블라디보스토크 시내에 있는 독수리전망대를 찾았다. 쪽빛바다와 도시가 어우러져 한 폭의 그림처럼 보인다. 이 땅은 소비에트 정부, 일본, 영국, 미국에 점령당한 영욕의 땅이다.

블라디보스토크 전경이 한눈에 들어오는 해발 백 미터 정도 되는 언덕 같은 곳이다. 전망대에 있는 동상의 주인공은 러시아글자 창시자인 키릴로스이다. 아들 친구가 알파벳글자를 배에 싣고 오다 풍랑을 만나서 자판이 뒤죽박죽이 되어 러시아어가 영어 알파벳을 거꾸로 놓은 것 같다며 익살을 떤다.

U자형의 블라디보스토크 만 전체가 한눈에 들어온다. 유명한 블라디보스토크 지하방공포 유물관에 탱크며, 대전차포, 방공포, 총과 당시의 사진 등이 잘 보존되어 있다. 박물관 지하 벙커는 제2차 세계대전 때에 실제로 이용하던 곳이란다. 이 외에도 개인이 기증한 자료로 만든 박물관도 볼 수 있었다.

극동지역에 거주하던 우리 조상이 움막 같은 집 앞에서 상투를 튼 채 담뱃대를 입에 문 모습의 사진을 보니 당시의 고달픔이 상상된다. 그러나 빛나는 눈동자와 당당한 얼굴은 우리 민족의 넘치는 기상을 간직하고 있는 듯 느껴졌다.

국내에서 볼 수 없는 귀한 역사의 사진을 보존해 준 러시아 사람에게 고마운 마음이 든다. 블라디보스토크 북쪽 항구는 꽁꽁 얼어서 배 운항이 중단되고 얼음 위에서 강태공이 낚시질에 여념이 없다.

현지인이 나를 보더니 잡은 고기를 사라고 졸라 댄다. 수시로 공연하는 오페라와 발레 무용은 러시아인의 예술성을 가늠하게 할 수 있다. 사 일간의 블라디보스토크의 일정을 마치고 우수리스크로 향했다.

블라디보스토크 다음으로 연해주에서 큰 우수리스크에는 고려인(까레이스키)이 많이 살고 있다. 옛 발해 왕국의 중요한 거점이었던 '솔빈부'를 설치한 곳으로 천년 역사의 숨결을 느낄 수 있다. 겨울의 아름다움과 존재성은 하얀 눈에서 찾을 수 있다. 영하 20도를 오르내리는 추위를 버티고 있는 우수리스크의 호텔 4층에 숙소를 정했다.

찬연한 가로등 불빛을 창가에 서서 한참을 내려다보았다. 난무하는 눈송이가 도로를 뒤덮고 세상을 온통 하얗게 만들어 간다. 순식간에 넓은 인도와 화단을 하얗게 덮어 갔다. 인적 드문 시골길 같은 도심의 고요와 쓸쓸함이 마음으로 엄습해 온다. 가로등 불빛에 난무하는 눈송이가 고요하고 차분한 분위기와 잘 어울려서 매우 낭만적인 분위기를 자아낸다.

자작나무가 잎을 떨어뜨리고 하얀 속살을 드러낸 채 길가를 지키고 있다. 우수리스크의 도로가에는 잎 떨어뜨린 하얀 자작나무 가로수가 많아 차분한 정취를 자아낸다. 톨스토이의 작품에 유난히 자작나무가 많이 등장하는 것도 이런 자연환경 때문인 것 같다. 아름다운 시간을 호텔방에서 그냥 보낼 수 없어 바깥으로 뛰쳐나왔다.

러시아는 아직도 공산폐쇄주의 잔재가 남아 있다. 호텔입구에 경비원이 한 사람 서 있고 5미터 떨어진 엘리베이터 앞에 또 경비원이 서 있다. 각 층마다 열쇄를 맞기고 출입용지를 교부해 주는 여종업원이 있다. 복잡한 절차를 마친 후 바깥 중앙광장에 나왔다. 넓은 중앙광장은 스탈린 동상 아래 얼음으로 성벽 같은 울타리를 쌓고 얼음 조각품을 전시하고 사람들은 즐거운 대화와 놀이를 한다.

연인들끼리 사랑을 속삭이기에 분주하다. 대여섯 살쯤 되어 보이는 어린이들은 미끄럼틀에 물을 뿌려 얼음길을 만들고 그 위를 신나게 플라스틱 썰매를 타며 즐기고 있다. 우리의 플라스틱 썰매와 같다. 감시하듯 군인 두서너 명이 서성거린다.

제복 입은 젊은 러시아여군이 인형같이 아름다워서 사진을 찍자고 하니 안 된다면서 거절한다. 미소를 잃은 군복 입은 젊은이들이 조금은 불쌍해 보인다. 자유와 낭만을 찾을 수 없어 보였기 때문이다.

물고기, 동물, 건물 등 다양한 얼음조각품을 감상하며 데이트를 즐기는 러시아 아가씨에게 카메라 폰으로 사진 셔터를 눌러 달라고 부탁했다. 조명이 어두워서 내 모습은 아주 새까맣게 나오자 미안한 듯 검다는 이야기를 한다. 매사에 순진한 그들의 모습이 퍽이나 친근감을 느끼게 한다.

다음 날 버스에 오르니 사방천지가 끝없이 펼쳐진 황무지에는 갈참나무와 갈대만 있을 뿐이다. 잔디밭을 갈아 씨를 뿌리면 논이 될 수 있어 보인다. 두 시간 만에 승합차는 우리를 우수리스크에 도착시켜 주었다.

우수리스크 호텔에서 삼부자가 맥주를 한잔하면서 그간에 못다 했던 이야기와 상황을 분석하고 나름대로 의견을 나누었다. 문제는 의사전달이 왜곡되고 대화시간과 기회의 부족이 갈등을 키워 왔다는 사실을 깨닫게 되었다. 항시 청소년들과 대화하고 그들의 입장에서 생각하려 많은 노력을 해 온 자신의 부족함을 절감하게 되었다.

다음 날 내가 즐겨 하는 사우나탕을 아들이 안내했다. 당초에는 한국 사람이 지은 것이나 지금은 러시아 사람이 인수하여 운영한단다. 옆에 수만 평 되는 콩 가공 공장도 수지가 맞지 않아서 철수를 준비 중이란다. 해외투자의 사전준비와 변화에 능동적인 대처가 절실하다.

허허벌판처럼 보이는 우수리스크의 외곽지대가 왠지 쓸쓸해 보인다. 우수리스크의 삼 일간의 일정을 마치고 블라디보스토크에서 나는 배를 타고 귀국하기로 하고 아들 둘은 5일간 더 머물다 오기로 했다.

큰아들이 친구 집에 머물었는데 숙박확인서가 필요하다 하며 개인집은 안 된다고 해서 우수리스크에서 선교활동을 하는 수녀님의 도움을 받아야 했다. 초면인데도 전혀 불평 없이 기쁜 모습으로 일을 도와주었다. 정말로 고맙고 감사한 일이다. 수녀님 고맙습니다라고 다시한번 인사를 하고 싶다.(2008. 12. 27).

8. 어머님과의 이별

2009년 1월 15일 아침 8시 30분은 참으로 슬프고 애달픈 시간이다. 어머님께서 81세를 일기로 세상과 하직하신 시간이다. 살아 계실 때에 좀 더 잘해 주지 못한 회한의 눈물은 자책과 원망의 덩어리가 되어 가슴을 짓누른다.

어머님은 정치, 사회, 경제적으로 어렵고 고통스런 시대를 살다 가셨다. 경제적으로 어렵고 사회적으로 불안한 시대에 7남매를 모두 대학까지 보내느라 돈에 쪼들리고 할머니를 봉양하며 대식구 건사하시고 살림하시느라 고생을 많이 하셨다.

표현이 고생이지 단말마적인 어려운 여러 고비를 모두 슬기롭게 넘기시며 살아오셨다. 희생의 고귀한 가치와 철학을 어머님은 삶을 통해서 체득하고 실천하셨다.

삶의 버팀목이 된 것은 자식에 대한 사랑과 기대였다. 의료시설과 교통시설이 발달되지 않았던 60년대에 동생이 밤에 열이 나면 고개 넘고 물을 건너 병원 문을 두드리고 밤새워 간절하게 기도하시던 어머님이다.

시장에서 잘 익은 홍시며 사과 몇 개를 사 오시면 어머니는 구경만 하시고 집안 식구 주느라고 맛도 보지 못했다. 소고기국을 끓여도 어머니는 고기 한 점을 잡수지 못하셨다. 지금이야 몸 생각해서 고기를 먹지 않지만 그 시절에는 없어서 못 먹고 자식 주려고 먹지 않았다. 표현할 수 없는 헌신적인 사랑은 수모와 창피함을 극복할 수 있었고 고단한 일을 참을 수 있었다.

어느 때는 도시락을 6개씩 싸면서 반찬 만들기에 고통이 크셨다. 장아찌, 청태무침, 콩자반으로 반찬을 만들고 밥을 짓기에 진이 다 빠지신 것 같았다. 하루만 신어도 구멍이 나는 면양말을 신었던 50~60년대에는 늦은 밤 호롱불 밑에서 양말을 짓느라고 단잠을 쫓아야 했다.

밀려오는 졸음을 참지 못해서 졸다가 바늘에 찔리면 깜작 놀라서 다시 양말을 꿰매셨다. 단 한 시간을 편히 쉴 틈이 없는 삶을 사셨다. 불같이 성질 급하신 공직자인 아버지의 뜻을 받들어 희생과 인내로 삶을 살다 가셨다.

삼백육십오 일을 여덟 시에 아침식사를 하시고 여섯 시에 저녁식사를 해야 하셨다. 불편한 부엌구조와 부족한 음식으로 매 끼니 식사를 준비하기란 여간 힘든 일이 아니다. 외식은 상상할 수 없어 일 년 내내 하루도 빠짐이 없이 식사준비에 땀을 흘리셨다. 연세 들어 몇 번 해외여행과 제주도여행을 하신 것을 제외하고는 항상 일에 파묻혀 사셨다.

가사도 벅찬데 농사일까지 하시면서 휴식과 여유 없이 어려운 시대를 살면서 고생으로 일관하셨다. 맛있는 음식 한 번 마음껏 드셔 보지 못하시고 할머니며, 아버지, 자식들 챙기기에 자신은 돌아보지 않았다. 변변찮은 옷 한 벌 없이 싸구려 옷을 몸에 걸치고 살아오셨다. 감히 사치는 꿈에도 생각하지 못하고 자식성장과 교육에 의미와 보람을 느끼며 평생을 사셨다.

어렵던 시대의 아픔이지만 어머님의 삶은 더욱 고달픈 일상이었다. 말년에 경제적 여유가 생기고 걱정할 일이 없어지자 건강이 악화되었다. 마치 편안함을 시샘하는 얄궂은 운명 같게도 느껴졌다.

뇌중풍이 와서 물과 음식을 삼키는 것을 고통스러워하셨다. 큰 고통을 이해 못 하고 빨리 삼키라고 독촉했던 어리석음이 가슴을 도려낸다. 아버지가 6년, 어머니가 3년 병원에 계시면서 가족들의 마음은 말로 표현할 수 없는 고통이 큰데 한마디 불평 없이 지극정성으로 간병하는 형, 동생들이 대견스럽다. 병실에서 3년간을 고생하시며 시간을 보내셨다.

임종하시는 날 아침 산소수치가 떨어지며 하직할 준비를 한다. 의료기술의 발달로 정확한 임종시간을 알 수 있다. 아버지가 돌아가신 지 3년 반 만에 이틀간 의식을 잃으시더니 어머니께서 돌아가셨다.

2천여 조문객의 애도 속에 어머님은 선산에 계신 아버지와 합장을 하였다. 이승에서 못다 한 사랑을 저승에서 이루시길 간절히 기도한다. 진정으로 질병과 고통이 없는 천국에서 안식을 누리실 것이라고 믿으며 눈물을 닦는다.

삼 년 전에 아버지 산소 옆에 심어 놓은 목백일홍이 움을 키우고 있는 산소에서 하염없이 흐르는 눈물을 말린다. 나는 지금까지 할머니, 아버지, 어머니의 죽음을 지켜보았다. 이별 중 가장 슬픔 것이 죽음이지만 피할 수 없는 자연의 법칙이기에 자연스럽고 담담하게 받아들여야 한다. 그러기 위해서는 살아 계실 때에 도리인

효도를 다하여야 한다.

케케묵은 윤리 같지만 효는 인간존재의 본질적 가치임에는 틀림 없다. 물론 시대에 따라서 부모님의 기쁨도 달라졌다. 먹을 것이 귀하던 시절에는 부모님이 좋아하시는 맛있는 음식을 정성으로 대접하는 것이 효의 으뜸이었다. 지금은 자녀들이 사회적 역할을 다하여 당당하게 살아가고 있다.

이것이 부모님을 기쁘게 해 드리기 때문이다. 그런 의미에서 우리 형제들은 얼마만큼 효도를 한 것은 틀림없다. 어머님의 유업인 형제간의 우애와 이웃 간의 사랑을 위해서 더 많은 땀을 흘려야겠다고 다짐해 본다.

나도 이제 육십을 눈앞에 두고 있으니 참으로 시간이 많이 흘러간 것 같다. 사람은 사랑으로 살고 사랑으로 이별해야 하는 원리를 어머님의 죽음을 통해서 알게 됐다. 우리 민족은 죽은 자와 산 자가 함께 어울려 살아왔다. 사물놀이가 그러하고 제사풍속이 그러하다.

어머님이 못다 한 사랑을 구현하기 위해 좀 더 헌신하고 참으며 봉사하는 삶을 살아갈 것을 마음 깊이 다짐해 본다. (2009. 2. 2).

9. 여유와 포용의 술

인간이 술을 마시기 시작하면서부터 여유와 낭만의 풍류를 즐기게 되었다. 관혼상제는 물론 사소한 모임에도 술은 빠지지 않는 귀한 음식이다. 술이 있는 곳엔 노래와 춤이 있어 흥을 더해 주었다. 우리 민족은 술을 즐기면서 신명 나는 삶을 영위해 왔다.

과음으로 인한 실수와 문제도 많았지만 얻는 것이 더 많았던 것 같다. 사소한 실수는 술이 죄라는 아량으로 이해하며 보듬고 살아왔다. 과음으로 인한 실수를 덮어 두면서 술은 관용의 마술사가 되어 버렸다. 취기를 이용하여 평소 못 하던 말을 다 할 수 있는 용기의 원천이 되기도 했다.

사랑을 고백하거나 서운한 점을 스스럼없이 이야기하게 한다. 술은 외로움이나 슬픔을 달래 주고 고통의 시간을 흘러가게 하는 위력을 지니고 있다. 우리 민족이 마시던 술은 향이 있고 알코올도수가 높지 않아 친구와 담소하며 우정을 쌓아 가는 데 크게 기여했다.

시와 문학을 논할 때에 술은 필수적인 음식이었다. 술은 인류와 더불어 시작되었고 시대의 발전에 따른 미각의 변화와 함께했다. 과실, 초목의 즙액, 봉밀과 같은 당분을 포함하고 있는 것은 토양

속에 사는 효모가 들어가 자연히 발효가 일어나서 술을 만들었다. 중국에서는 알코올을 발효하기 위해 석기에 담았던 것이 술의 시작이라고 한다.

서양에서는 스위스의 신석기시대에 이미 과실주가 존재했다. 이집트에서는 제1왕조시대(기원전 3000년경)의 상형문자에 포도주 제조용 압착기나 항아리 등의 그림이 확인되고 있다. 5~18왕조 사이의 많은 무덤들의 벽화에 당시의 포도주 양조의 완전한 절차가 묘사되어 있어 술은 인간의 역사와 같이했음을 알 수 있다. 술은 노동과 축제 그리고 일상의 권태로움을 벗어나게 하는 데에는 필수요인이었다.

알코올 에너지는 힘든 노동을 할 수 있는 원천이 되었고 축제 때에는 흥을 돋우고 춤을 추게 하는 동력이 되었다. 일상의 지루함과 평범함이 반복되는 농경사회에서는 술은 활력과 힘이 되었다. 우리 민족은 농주라고 하여 막걸리를 마셔서 공복감을 채우고 알코르에너지를 이용하여 농사일을 해 왔다.

전분질이 수중에서 자연히 부패하면 미생물의 작용으로 산·알코올이 발생하여 신맛이 강하고 알코올이 적은 술이 되었다. 어머니가 아기에게 먹을 것을 씹어서 주는 습관은 아마 원시시대부터 있었다고 한다.

술은 모정의 위대함이 빚은 생명줄과 같았다. 곡물이나 감자류를 씹어서 그릇 속에 담아낸 것을 자연스럽게 발효시키는 방법에 의해 술을 만들었다. 씹어 만드는 술은 현재도 일부 미개민족들 사이에 존재하고 있다. 술 제조방법은 세계에서 널리 행해지고 있는 두 가지 당화법이 있다.

하나는 메소포타미아의 초승달 지대 및 이집트에서 생겨난 맥주의 제조법을 중심으로 한 엿기름의 당화법이다. 다른 하나는 중국을 비롯하여 우리나라와 일본 및 그 주변의 고대 국가들의 술 제조법을 중심으로 하는 누룩곰팡이를 발생시킨 곡물에 의한 당화법이다.

전자는 그리스·로마를 통해 널리 유럽 전역으로 전해졌고 후자는 중국·미얀마·말레이시아 및 인도의 일부와 우리나라, 일본 등 동양 여러 나라들의 술 제조법의 기본이 되었다. 옛날에는 술 잘 빚는 주부가 대접을 받았다.

잘 익은 술은 제주로 사용되었고 애경사에 빠질 수 없는 소중한 음식으로 이용되어 왔다. 돌아가신 할머니는 술을 참으로 잘 담그셨다. 찹쌀을 누룩에 버무려 담근 맑은 술은 알코올도수가 높아 쉽게 취했다. 술에 대한 전설로 나라마다 술의 시조로 알려진 신이나 사람이 있다.

이집트에서는 오시리스 신을 맥주의 시조라 하며 그리스와 중근동 지방에서는 디오니소스 혹은 이와 같은 신을 바쿠스라고도 불러 포도주의 신으로 여긴다. 중국에서는 우왕 때에 의적이 처음으로 술을 만들었다고 전해지고 있다.

그리스도교의 의식(성만찬)에서 포도주를 마시는 것도 중근동 지방에 있었던 풍년을 비는 제사의식에서 유래했다는 설도 있다. 이집트가 맥주의 시조라고 하는 오시리스도 농경신이었다. 우리 조상도 옛날에는 잘 익은 술로 천지신명께 제를 올렸다.

주조 기술은 근대 과학의 이론적 기초 위에서 개량·진보되었다. 프랑스의 L. 파스퇴르가 여러 가지 발효현상이 각각의 물질이 지닌 특유한 미생물에 의해서 일어난다는 사실을 확인한 것은 130~140

년 전 일이다.

주조의 중심기술은 되도록이면 유해한 잡균을 억제하고 효모만을 순수하게 기르는 데에 있다. 효모는 높은 산성과 당 농도에 견뎌 내고 저온에서도 잘 번식할 수가 있다. 일본의 청주나 서양의 옛날 알코올 제조법 등이 전형적인 사례이다.

세계의 술은 과실로 술을 만들어 왔다. 한민족은 일찍이 쌀, 보리, 옥수수 등의 곡물을 이용해서 술을 만들어 즐겨 마셔 왔다. 술의 원료가 곡류 · 감자류 등의 농산물이기 때문에 나라 또는 풍토에 따라 특수성을 지니게 된다.

목축에 의존하는 지방에서는 우유 또는 양유를 원료로 하여 술을 만들었다. 야자 · 사탕수수 · 꿀 등을 생산하는 나라의 술은 그것을 원료로 하고 있다. 술의 원료는 대부분이 나라의 주식과 일치하며, 요리와도 깊은 관련을 가지고 발달해 왔다.

나라의 식생활 습관과 더 나아가서는 인정, 풍속, 문화의 수준 · 정도 등과도 깊은 관계가 있다. 우리나라의 술은 부족국가시대부터 영고 · 무천 · 동맹 등과 같은 제천의식 때 술을 마시며 가무를 즐겼다는 기록이 있다.

오늘날 전해지는 술이 문헌상 제조법이 체계적으로 정리된 것은 조선시대이다. 우리나라 고유의 술은 크게 세 가지로 말할 수 있다. 막걸리는 탁주 · 농주라고 하며, 빛깔은 유백색이고 알코올농도는 5~6%이다.

주로 찹쌀 · 멥쌀 · 보리쌀 · 밀 등으로 밥을 지어 밀가루와 물을 섞어서 발효시킨 뒤 걸러서 짜낸다. 이때 거르지 않고 그대로 밥풀이 담긴 채 뜬 것을 동동주라고 한다. 이 동동주는 알코올 도수가 높아 달콤한 맛에 많이 마시면 대취하게 된다. 약주는 청주라고도 한다.

술이 다 된 탁주 독에 용수를 박아 맑은 술을 떠낸 것이다. 알코올 함량은 12% 내외이다. 여기에 인삼이나 다른 초근목피를 섞어서 빚기도 한다. 소주는 쌀·밀·보리·고구마 등을 원료로 한 양조주를 증류하여 받아 내는 무색투명한 술로 노주·화주·한주라고 한다.

알코올이 85% 이상 되는 주정에 물을 섞어 20~30%로 희석시켜 만든다. 막걸리, 약주, 소주 중에서 서민과 가장 가까웠던 막걸리는 농주라고 해서 농부들이 일할 때에 에너지를 얻기 위해서 마셨다. 알코올 에너지를 노동 에너지로 전환하여 이용해 왔다. 어렸을 때의 일이다.

할머니가 술을 참으로 잘 빚었고 아버지는 술을 좋아하셨다. 나는 다섯 살 때에 할머니 덕분에 처음으로 술을 마셨다. 정월 대보름날이면 귀밝이술이라면서 맑은술을 한 모금 마시게 하고 부럼 깨물자며 알밤으로 안주를 했다.

술을 좋아하시던 아버님은 술을 사 오라고 심부름을 시키셨다. 집에서 술집까지는 약 2km의 거리였다. 여름날 땀을 뻘뻘 흘리면서 술 주전자를 들고 걸으면 목이 마르다. 그러면 한 모금씩 먹다 보면 한 잔은 마시게 된다. 얼굴이 빨개진 자신을 보고 씩 웃으시던 기억이 난다. 60년대에는 먹을 것이 귀한 시절이었다.

할머니는 술을 담그고 남은 술 찌꺼기와 탁주를 나그네에게 한 사발씩 주셨던 넉넉한 인심으로 한평생을 사셨다. 지금은 흔하고 쉽게 구할 수 있는 게 술이다. 그 당시에는 아주 귀한 대접을 받은 것이 술이다. 대학에 입학하면 신입생 환영파티 때부터 술을 마시게 된다. 건강은 안중에도 없이 마셔 대는 술로 가끔은 생명을 잃기도 한다.

주도를 배우고 나서 술을 마셔야 되는 이유이다. 젊은이들의 무조건 마셔 대는 술 습관을 바꿔야 된다. 과음으로 인한 고통이나 건강의 해침을 인식하고 알맞게 마시며 즐길 수 있는 술 문화의 정착을 위해 실천해야 한다.

날로 사회가 각박해지고 어려워도 한잔 술로 시름을 달래면서 새로운 에너지를 충전할 수 있어야 한다. 망각과 포용의 마력을 지닌 술을 적당히 즐기면서 인생을 논하고 시어를 주우면서 살아가는 아름다움도 좋을 것이다.

나는 가끔 이백(701∼762년)의 독작(獨酌)이란 시를 즐겨 외운다. "꽃 사이에 앉아/ 혼자 마시자니/ 달이 찾아와/ 그림자까지 셋이 됐다./ 달도 그림자도/ 술이야 못 마셔도/ 그들 더불어/ 이 봄밤 즐기리./ 내가노래하면 달도 하늘을 서성거리고/ 내가 춤추면 그림자도 춘다./ 이리함께 놀다가 / 취하면 서로 헤어진다./ 담당한 우리우정" 천삼백여 년의 세월이 흘러도 취흥은 변함이 없는 것 같다.

경제적으로 어렵고 고달픔을 한잔 술로 달래며 재충전하는 여유를 가져 보는 것도 아름다울 것이다. 술을 마시면 대범해져서 사사로운 것은 쉽게 잊어버리게 되고 포용하는 넓은 마음이 생겨난다. 세상을 긍정적으로 보면서 넉넉하고 여유 있는 삶을 영위해 가는 데 술은 필요한 존재다. 그러나 과음하면 건강을 해치게 되고 실수를 하게 되어 어려움을 겪게 된다.

예부터 술은 어른한테 배워야 한다는 말이 있다. 한두 잔 기분

좋게 마시는 술 문화를 우리가 만들어 가야 한다. 오랫동안 헤어진 옛 친구와 술잔을 비우면서 지난 추억을 이야기하는 낭만도 즐거우리라.

하루의 피로를 한잔 술로 푸는 지혜도 외면할 수 없다. 인간의 일상과 희로애락을 함께한 술은 분명 인간의 삶을 여유롭고 풍요롭게 해 주고 있다. 아름다운 여유와 포용의 술 문화를 정착시켜 가는 일에 함께해야 한다. (2009. 2. 1).

10. 어려움은 사랑을 키우고

세계의 경제위기 속에 우리의 살림살이가 더욱 어려워졌다. 중산층이 몰락하여 하류층으로 전락하고 희망의 불빛을 찾지 못하는 사람들이 늘어나고 있다. 직장을 잃은 가장은 노숙자로 전락하고 환자는 병원을 가지 못하며 고통을 감내하여야 한다.

일자리를 나누고 고용을 창출하겠다는 정부이지만 세계적인 불황으로 겪는 경제적 어려움 때문에 한계를 드러내고 있다. 각종 종교단체와 시민단체에서 쌀을 모으고 반찬을 만들어서 굶는 노숙자에게 식사를 대접하고 있다.

서울시에서 추진하는 만덕 쌀 쌓기 운동은 꼭 필요한 일이다. 조선시대 제주도의 거부 김만덕 할머니가 번 돈을 백성 구휼을 위해 썼다. 그 유지를 기르고 함께 나누고자 쌀 모으기 운동을 벌인다. 대도시의 역전마다 기다랗게 식판을 들고 늘어선 줄을 바라보니 마음이 편치 않다.

대전역에서는 저녁 8시부터 종교단체에서 무료급식 봉사활동을 한다. 식판에 밥과 나물 몇 가지가 전부이다. 이를 맛있게 먹으며 더 먹으려 두 번 줄을 서서 밥을 가득 담아 달라고 한다. 알고 보니 내일 아침을 때우기 위해서란다. 생존권이 위협을 받고 있는 현실이다.

일하고 싶어도 일자리가 없어서 일을 못 하는 사람들에게 일터를 만들어 주기 위한 국민적 노력이 절실한 때다. 역전아스팔트 바닥에 주저앉자 밥을 재빠르게 입에 몰아넣는다. 여기에서 품위나 인격 같은 것은 찾아보기 힘들다. 인권보다 생존권이 우선임을 현실은 증명하고 있다. 물론 여기에는 피치 못할 사람이 한 끼를 때우는 사례도 있으나 대부분 사람이 일상처럼 아무런 생각 없이 가정에서 밥을 먹듯 얻어먹는다.

이들에게 새로운 생각을 갖고 희망의 일터를 찾아 주는 일이 시급하다. 자력으로 살아가겠다는 의식을 갖게 해 주고 굳건한 의지를 키워 주어야 한다. 가난보다 더 무서운 것은 절망 속에서 자포자기하는 일이다.

희망과 극복의 의지만이 이 어려운 상황을 헤쳐 갈 수 있다. 6·25전쟁 속에서도 절망하지 않고 열심히 일하여 오늘의 부유한 나라를 만들지 않았는가. 희망만이 역경을 극복해 갈 수 있다. 굴곡 많은 삶을 희망으로 이끌어 주는 일은 더불어 살아가는 이 시대의 시대정신이다.

어렵게 평생을 살아온 생활보호대상자 할머니가 생명처럼 아끼고 모은 몇 백만 원을, 일제침략시대에 위안부로 고통의 삶을 살아온 할머니가 평생 모은 몇 천만 원을 장학금으로 기부하였다. 어느 할아버지가 폐지를 주워 팔아 온 돈을 사회에 내놓았다는 기사는 감동적이다.

가끔 심금을 울리는 우리 주변의 선행은 그래도 세상을 살맛 나게 해 준다. 조금 덜 쓰고 아껴서 어렵고 도움이 절실한 사람에게 나눠 주는 갸륵한 마음을 가져야 공동체가 살아나고 난국을 극복해 갈 수 있다.

한민족의 情 문화는 공동체를 발전시켰고 그것은 세계화 시대의 경쟁에서 중요한 승리의 요인이 될 것 같다. 함께하면 모든 것을 극복할 수 있다. 캄캄한 깊은 산길도 동행자가 있으면 무섭지 않고 안전하게 걸어갈 수 있다. 의병과 승병의 활동은 세계사에서 찾기 힘든 우리 민족만이 갖고 있는 사례다.

국가가 우란의 위기에 처하면 성직자까지 나서서 조국을 지켜 왔다. 고구려의 10만 대군이 수나라 백만 대군을 무찌른 살수대첩의 유산을 잊지 말아야 한다. 일당백의 지혜와 용기와 힘의 결과가 아닌가.

태안의 씨프린스 유조선 충돌로 바다가 기름범벅이 되었을 때도 자발적으로 겨울 칼바람 속에서 타르 덩어리를 줍고 자갈을 헝겊으로 닦아서 맑고 깨끗한 바다로 만들어 놨다. 나도 기름을 제거하기 위해서 두 번이나 태안을 찾았다. 바다의 칼바람은 5분만 있어도 살을 에는 듯하다. 장화바닥에 끈끈한 타르 덩어리가 묻어나고 발이 깨지는 것 같은 추위고통을 감내하면서 전국에서 자발적으로 달려온 백만 자원봉사자들의 위대함을 누가 만들어 냈는가. 우리 역사가 길러 내고 만들어 낸 결과다.

바다초입부터 풍겨 대는 기름 냄새는 당시 얼마나 많은 기름이 바다에 쏟아졌는가를 가늠할 수 있다. 푸른 바다가 검정기름으로 변해 버렸다. 마치 거대한 유지지대의 기름유출과 같았다. 기름범벅인 저어새는 날지 못하고 어민들은 구토와 두통에 밤잠을 이루지 못했다. 차마 눈 뜨고 쳐다볼 수 없는 상황이다.

상상할 수 없는 대재앙에 맞서 당당하게 검은 기름을 주걱으로 퍼내고 흡착포로 조약돌 하나하나를 닦아서 본래의 맑고 깨끗한 바다로 만들어 놓았다. 함께하면 못 할 일이 없다. 나눔을 실천하는 자세가 절실한 때다.

어렵고 고난이 다가왔을 때에 힘을 모아 극복하는 한민족의 단결력과 의지는 노벨평화상을 타고 남음이 있다. 우리의 역사가 말해 주듯이 세월은 흘러도 우리 민족의 따뜻한 인정만은 변함이 없다.

아름다운 역사의 유산을 지키면서 더불어 살아가려는 노력을 경주하여야 한다. 더 가지려 하지 말고 현실에 만족하면서 사는 지혜와 여유를 배워야 한다. 자신이 갖고 있는 재화와 행복의 무게를 느낄 줄 알아야 한다. 우리 속담에 콩 한 쪽도 나눠 먹는다는 말의 의미를 실현할 때다.

나누는 것만이 어려운 생활고를 극복해 갈 수 있다. 함께 나눠 갈 때에 사랑은 커 가기 마련이다. 진정한 나눔은 사랑의 출발에서 시작한다. (2009. 2. 12).

11. 고마운 봄비를 맞으며

전국이 가뭄으로 목말라 가고 있다. 농작물이 말라 죽어 가고 저수지가 바닥을 드러낸 지 오래다. 남부지역과 강원지역은 식수난을 겪고 있다는 보도다. 물론 남해의 섬 지방 사람들의 물 부족에 따른 고통도 심각하다.

급수차가 공급한 물로 쌀을 씻고 다시 세수를 하고 또 걸레를 빨아서 두세 번씩 이용하면서 힘들게 살아가고 있다. 사람은 물을 떠나서 하루도 살 수 없다. 이 소중한 물을 그동안 너무 함부로 마구 쓴 것 같다는 생각이 든다. 물 걱정 없이 마음껏 물을 사용할 수 있는 대전에서 사는 것도 커다란 축복이다.

대청댐의 넉넉한 물은 충청민이 풍족히 쓰고도 남는다. 서두르지 않는 충청도 사람들의 여유만큼 충분하다. 건조한 날씨가 지속되자 곳곳에서 산불이 발생하고 있다. 옛날에는 낙엽을 긁어다 땔감으로 사용했으나 지금은 산에 그대로 쌓여 있다.

울창하게 우거진 숲은 수십 센티미터의 낙엽이 쌓여서 한번 불이 나면 진화가 어렵다. 마치 솜에 불이 붙은 것 같은 현상이어서 진화에 어려움을 겪고 있다. 경남 창녕군 화왕산에서는 9일 오후 6시 20

분경에 정월대보름날 갈대 태우기 행사를 벌이다 산불로 번져서 여섯 명의 사람이 죽고 50명이 중경상을 입은 불상사가 발생했다.

사전에 방화벽을 구축하지 않고 산불대책을 세우지 못한 참사였다. 천재지변이 아닌 인재로 인한 산불피해를 줄이기 위한 각별한 주의와 노력을 기울여야 숲을 지킬 수 있음을 인식하여야 한다. 나도 어렸을 때에 논둑과 강둑을 헤매면서 쥐불놀이를 하며 놀던 생각이 난다. 통조림통을 주워다가 못으로 구멍을 뚫어서 그 안에 나뭇가지를 넣고 휘두르면 바람이 일어나서 깡통 안에 있는 나무가 잘 타게 된다. 불놀이싸움은 매우 위험했으나 자주 즐겨 놀았다.

쥐불놀이 깡통을 돌려서 상대방과 충동하면서 게임을 즐긴다. 즐거운 시간은 잊히지 않고 되살아나서 삶에 활력을 준다. 비극의 시간이 지나자 때마침 봄비가 내리기 시작했다.

메마른 대지를 적셔 주기에 충분한 단비였다. 땅속의 뿌리는 수액을 빨아올릴 준비를 하고 씨앗은 움틀 준비를 할 것이라고 생각하니 마음이 설렌다. 생명이 살아 움직여 활기를 찾는 것보다 더 소중하고 아름다운 것은 없을 것 같다.

갈증으로 고통을 느껴 본 사람만이 물의 소중함을 절감하게 된다. 사막여행길에서 만나는 오아시스의 고마움과 같을 것이다. 차분히 대지를 적셔 주는 봄비가 반갑고 고맙다. 핑크빛 레인코트를 입고 거니는 여인들의 발걸음이 찾아오는 봄처럼 여유 있어 보인다. 갈망하는 고마운 빗방울을 하염없이 바라보며 자연의 섭리에 감사한 마음을 느낀다.

왠지 봄비는 정겨워 보이고 우수 깊은 사연을 되살리는 것같이 느껴진다. 사랑하는 연인과 이별하고 슬픔을 봄비에 묻으려고 하염없이 걸어가는 처진 어깨는 우리를 더욱 슬프게 한다. 슬픔 속에서 잉태되어 자라나는 치유의 근원이 사랑과 관심임을 알아야 한다. 사는 날까지 이것을 주고 나눠야 한다.

남해의 보리 싹도, 낙동강변의 냉이도 물을 빨아올리겠지. 대학 시간강사 시절 낙동강 강가를 지나는 열차 안에서 자신에게 위로와 희망을 준 보리밭이며 냉이들이 지금도 고맙고 소중하게 느껴진다. 지리산 고로쇠나무도 수액을 빨아올려 물통을 가득 채워 가겠지. 사람들은 건강에 좋다며 고로쇠 물로 밥을 짓기도 하고 마시기도 한다.

나는 나무의 피를 먹는 것 같은 미안함 때문에 마시지 않는다. 고로쇠나무가 감정을 느끼는 나무라면 얼마나 고통스럽고 인간을 원망하겠는가. 인간과 유기체의 통합가치를 주장하는 제3의 물결가치가 소중한 때다.

비 중에도 가뭄의 봄에 내리는 비가 소중하고 감사한 것은 새싹을 틔우고 생명을 키우기 때문이다. 생명을 부르고 키우는 봄비는 천사처럼 아름답고 사막의 오아시스처럼 귀하고 소중하다. 자식을 양육하고 제자를 기르는 일도 이와 같다. 한마디 말이 희망이 되고 위로가 되며 용기를 북돋워 준다.

탈선을 해도 포용과 사랑으로 감싸 안으며 올바른 길로 이끌면 쓸모 있게 성장해 간다. 자식이 건강하게 성장하여 사회를 위하여 기여하고 이름을 날리면 부모의 바람은 그 이상 없다. 제자가 훌륭하게 성장하여 사회의 동량으로 역할을 할 때에 스승의 기쁨은 그지없다. 요즘 나는 새벽에 눈을 뜨면 두 아들이 사회와 국가를 위해서 쓰임 있는 훌륭한 지도자로 키워 달라고 기도를 한다.

자연의 섭리는 인간사회나 동식물의 세계도 이와 같은 것 같다. 춘삼

월이 오면 농부는 논밭을 갈고 콩, 팥, 채소 등의 씨앗을 뿌려서 움을 키워 갈 것이다.

문화연계이론처럼 사람은 한 세대가 위 세대로부터 지혜와 행위를 전수받고 이것을 조금씩 발전시켜서 후세대에 물려주고 끊임없이 이어가는 윤회 같은 것인지 모른다.

긴 겨울을 감내하고 새 생명을 키우며 약동하는 대지의 숨결을 느낄 수 있는 여유로움이 정말로 감사하고 행복하다. 이 행복이 봄날이 오면 더 커지고 만발하길 기대해 본다. (2009. 2. 13).

12. 心耕에 부지런해야

　자연의 변화는 사람의 마음을 움직여 철 따라 다양한 느낌을 갖도록 한다. 몸을 웅크리게 하는 겨울은 활동을 덜하고 사색하는 시간을 많이 갖게 한다. 포근한 서재에서 독서를 하거나 글을 쓰게 만든다.

　흰 눈이 내릴 때는 항상 십 대의 소년이 되어 들뜬 마음으로 어딘가 달려가고 싶은 충동을 느끼게 된다. '장독대에 흰 눈이 소복소복 쌓였어요.'라는 국어교과서를 읽던 초등학교 시절이 그리워지기도 한다.

　겨울은 광활한 설원에서 스키를 타고 얼음 위에서 스케이트를 즐길 수 있어 좋아한다. 사랑하는 사람과 낭만을 만끽하며 오솔길을 걷는 것도 멋스럽다. 따스한 봄볕과 함께 봄날이 오면 마음이 설레고 새로운 일의 시작에 마음이 들뜨게 된다. 만물이 생동하는 기운을 받아 생기를 찾고 찬란한 미래를 꿈꿔 보기도 하는 시간이다.

　시도 외워 보고 싶어지며 소설책을 밤새워 읽기 좋은 겨울이다. 산에 오르고 싶고, 그리운 벗들과 이야기를 나누면서 밤을 지새우고 싶어진다. 동네처녀 봄바람 난다는 말은 이러한 정서적 특성을 자극하는 계절의 특성을 말한 것 같다. 산천초목이 무성한 여름날이면 넘치는 열정을 산과 바다에 쏟으며 휴식을 취하는 사람이 좋아 보인다.

파도를 가르며 보트를 타고 사랑을 이야기하는 모습이 아름다워 보인다. 결실과 더불어 가을이 오면 온 산이 단풍으로 물들고 오곡백과가 풍성해진다. 안 먹어도 배가 부르고 살이 찌는 느낌이다. 천고마비의 의미가 실감 난다.

한 매듭 성숙해진 차분한 마음으로 한 해의 과제를 마무리하기에 시간을 아낀다. 시작은 미약하나 나중은 창대하리라는 성경말씀처럼 끝남과 결실이 풍성해야 한다. 그러기 위해서 매사를 열심히 생활해야 한다.

사계절이 있어 일 년 내내 살기 좋은 축복의 나라에서 삶의 근원을 깨닫고 이치를 좇아가는 일에 부지런해야 한다. 나는 가끔 이 땅에 태어난 것에 대하여 진실로 감사하게 생각한다. 이 아름다운 땅에서 더 행복해지기 위해서는 항상 마음을 갈고닦는 일에 부지런해야 함을 절감한다.

깊은 사색을 통해 삶을 관조하고 마음을 다스리며 평온을 유지해 가는 일상이 참 좋다. 삼라만상의 존재하는 모든 것에 대한 고마움과 감사함을 한시도 잊어서는 안 된다. 어떠한 분노가 치밀어와도 그것을 승화시키기 위해서 마음을 다스려야 한다.

나는 마음이 안 좋을 때면 종종 푸른 하늘을 생각하며 자연과 가까이한다. 삶의 목표를 올바르게 인식하고 정도를 향해 살아가는 기쁨과 행복을 만끽하려 최선을 다하는 일이 중요하다. 선한 마음을 갖고 남에게 베풀고 도와주는 생활을 실천해 가기 위한 구체적인 방법을 모색하여야 한다.

물질이 없으면 마음으로 기도하고 축복해 주면 그것보다 더 소중한 것은 없다. 항상 나누고 남을 위해 배려하려는 마음을 가져야 한다. 우리가 갖고 있는 것은 너무나 많아 넘쳐흐른다. 그러나 사람들이 욕심 때문에 만족할 줄 모르고 더 많이 가지려고 발버둥 친다.

가진 자와 못 가진 자의 비교와 역할이 아니라 함께하려는 마음과 의식이 문제다. 가진 자나 못 가진 자 모두가 아름답고 감사한 마음으로 살아갈 때에 나눔의 행복은 커 갈 수 있다. 동화 속의 어린왕자처럼 모두를 남에게 줄 수 있는 참된 베풂의 철학이 필요한 때다.

가진 자가 더 가지려고 발버둥 치는 모습은 측은지심을 넘어 가엾어 보인다. 항상 자분자족할 줄 아는 자세를 가져야 한다. 다만 많고 많은 것을 인식하지 못하고 욕심 때문에 늘 부족함을 느끼며 더 채우기 위해서 혈안이 되어 있다.

과욕은 불행과 파멸을 낳는다는 사실을 인식하여야 한다. 풍요 속의 빈곤으로 살아가는 어리석은 사람들에게 연민의 정을 느끼게 한다. 욕심을 버리고 깨끗한 영혼으로 자신과 세상을 보면 한층 더 큰 행복이 찾아온다.

아프리카 케냐의 슬럼가에서 한국인 음악전도사가 어린이 합창단을 운영한다. 하루에 차 한 잔을 마시고 노래연습을 하다가 쓰러지는 일이 비일비재하다. 지구촌에는 아직도 굶어 죽어 가는 수많은 생명이 있음을 잊지 말고 그들을 도와주는 일에 동참하여야 한다.

진정한 인간애가 무엇인가를 인식해야 할 때다. 우리는 항상 마음을 갈고닦아 무었을 심을 것인가를 깊이 생각하여야 한다. 모든 것이 마음먹기에 달려 있음을 인식하여야 한다. 원효대사가 중국에 의상대사와 같이 길을 가는 도중에 어느 동굴에 들어가서 잠을 자게 되었다.

원효대사는 잠을 잤는데 너무 목이 말라서 동굴 안에 있던 그릇 같은 곳에 물이 고여 있는 것을 먹을 수 있는 물인 줄 알고 마셨다. 다음 날 원효대사는 깜짝 놀랐다. 자신이 먹은 물이 해골이 썩어서 고인 물이라는 것을 알고 구토를 하며 모든 것이 마음이 생기면 법이 생기고 마음이 멸하면 평온이라는 것을 깨달았다고 한다. 모든 것이 마음먹기에 달렸으니 항상 마음을 갈고닦는 일에 우선적으로 시간을 투여하여야 현명한 사람이다.

인간의 욕심은 무엇으로도 채울 수 없다. 다만 마음을 조정하여 채우고 비우기를 반복하면서 만족과 감사함을 느껴 가며 현명하고 넉넉하게 살아가는 것이 현명한 삶이다. (2009. 2. 26).

13. 경칩을 찾는 사람

개구리가 긴 겨울잠에서 깨어나는 경칩이다. 바깥의 변화되는 온도에 몸 온도를 조절하는 냉혈동물의 구조가 오묘하다. 춥고 긴 겨울을 이겨 내고 땅을 헤집고 나오는 개구리가 살아 있음을 증명하는 시간이다. 낮 시간이 길어지고 햇살이 따뜻해지며 사람이 나른해지기 시작한다.

만물이 새 생명을 키우기 위해서 기지개를 켜는 시간이 왔음이다. 산골짝 개울가의 버들가지가 뽀얀 털 덮인 첫 순을 내밀면 겨우내 추위를 피해 잠들었던 개구리가 물가로 나와 알을 낳는다. 사람들은 이 개구리 알을 경칩이라면서 몸에 좋다고 통째로 후루룩 삼켜 버린다.

수천 마리의 개구리가 세상구경도 못 한 채 사람 배 속으로 들어가 사라진다. 영양섭취가 어려웠던 옛날에는 단백질원으로 경칩을 먹었던 것 같다. 그 풍습이 지금까지 전래되어 보양식으로 또는 정력제로 경칩을 먹는다.

정력에 좋다면 물불을 가리지 않고 찾는 인간의 심리가 본능에 기인한 섭취욕구인가 보다. 인간의 성욕은 종족보존과 존재함의 표상이기에 강하게 다스려 가는 것 같다. 개구리가 꿈도 펼쳐 보지 못하고 사람의 입속으로 넘어가는 생명의 비운이 안타깝다. 수천 마리의 개구리로 태어날 알을 단숨에 후루룩 마셔 버리는 인간의 비정함을 한 번쯤 생각해 봐야 한다.

겨울이 지나가고 새봄이 올 때에 생명의 환희와 꿈처럼 사람도 설렘을 안고 새봄을 맞이해야 한다. 농부는 씨앗을 심고 가꾸기에 가슴이 벅차오른다. 풍년을 기원하는 간절한 소망으로 논밭을 갈고 씨앗을 뿌리는 마음이 얼마나 가슴 부풀고 기대에 차오르게 하는가.

희망에 찬 착한 농부의 마음은 행복을 낳고 작물을 튼튼하게 가 꿔 나간다. 봄이 오면 학생은 새 학기 학습계획을 세우고 직장인은 직장에서 승진을 꿈꾸고 열심히 일을 하게 된다. 기다림과 희망은 고난과 역경을 극복하고 삶의 의욕을 북돋워 주기에 소중하듯이 봄도 이와 같은 소망을 담고 있어 좋은가 보다.

맑은 개울가에서 올챙이로 부화하여 즐겁게 개울가를 헤엄쳐 다 니다가 꼬리를 줄이면서 네 다리를 내놓는 개구리의 꿈이 다시 되 살아나도록 보호해 주어야 한다. 이것이 생명에 대한 도리이며 자 연을 보호하는 시작이다.

사람은 자연과 더불어 살아야지 과도하게 파괴하고 지배하면 파 멸이 시작된다. 올챙이의 꿈이 사라지는 현실을 생명에 대한 관심과 사랑으로 극복해 가야 한다. 만일에 올챙이가 없어지고 개구리가 사 라지는 생태환경은 인간의 삶을 엄청나게 위협하게 될 것이다.

자연의 상태를 유지하려는 인간의 정성과 노력 없이는 우리의 미래가 얼마나 참담할까를 생각하여야 한다. 지금은 경칩을 채집하 면 법에 위배된다. 환경부에서 개구리 보호를 위해서 만든 법이다.

단속과 법 이전에 올챙이를 보호해 주어 여름날 개구리 합창소리를 기다리는 여유를 가졌으면 한다.

비단 올챙이뿐만 아니라 수달, 오소리, 삵 등 중요한 한반도의 토종 서식동물이 사라져 가고 있음을 심각하게 생각해야 한다. 오늘의 청소년들은 개구리와 여치, 귀뚜라미의 울음소리마저 듣기 싫다고 한다. 무언가 잘못된 것 같다. 정서상의 변화도 있지만 본질적으로 대자연에 대한 무관심과 무지 때문이다.

넉넉한 자연의 품에 안길 때에 진정으로 여유롭고 행복해질 수 있다. 언제부턴가 몸에 좋고 정력에 좋다면 물불 가리지 않고 무작정 먹어 버리는 풍조가 생겨났다. 굼벵이, 뱀(사탕), 두더지, 지렁이 등 보양식으로 또는 치료제로 달여 먹는다.

천둥오리, 까마귀, 오소리, 수달, 산토끼, 노루 등의 야생동물도 수난을 겪고 있다. 자연의 질서와 존재가치를 붕괴하는 보양식품이라는 오해를 풀고 자연의 질서를 지켜 가야 한다. 건강은 규칙적인 생활습관이 첫째이다. 취침시간을 지키고 알맞은 운동을 해야 한다. 균형 있는 식단으로 즐겁고 적당하게 섭취하고 지속적으로 운동을 하여야 한다.

대자연을 감상하며 알맞게 먹으면서 즐기는 새로운 식문화를 발전시켜 가야 한다. 보양식을 유별나게 좋아하는 우리나라 사람들은 건강에 대한 관념을 변화시켰으면 한다. 규칙적으로 운동하며 건전한 사고를 갖고 성실하게 열심히 살아가면 된다.

야생동물의 평화로운 삶을 돌보며 함께 살아가는 것이 건강을 유지하는 한 방법이다. 인간만이 잘 살겠다는 이기적인 사고가 얼마나 어리석은 일인가는 근대화 과정에서 자연을 파괴하면서 피해를 본 기억으로 충분하다.

칠팔십 년대 빠른 공업화로 강과 땅이 오염되고 지금 이것을 원상복구 하려 노력하고 있으나 엄청난 예산과 시간 때문에 어려움을 겪고 있다. 산기슭을 깎으면 반드시 제자리를 찾기 위해서 산은 자신의 몸을 부셔서 단절된 곳을 원상으로 회복시키려 한다. 이것이 자연생태의 원리이다.

대자연 속에서 본래대로 살아가야 하는 이유와 원리를 자각하는 사간이 되기를 소망한다. 건강을 찾아 자연을 파괴하며 방황하는 사람들은 이제 자연 속에서 자연을 가꾸고 즐기면서 살아가는 지혜를 깨달아야 한다.

자연과 함께하는 모든 존재가치와 의미를 존중해 주는 일이 중요하다. (2009. 3. 6).

14. 생명의 환희가

30년 가까이 살고 있는 2층의 우리 집은 참새와 꽃들의 천국이다. 비좁은 뜰에는 수십 종의 식물들이 청정하게 자라나고 있다. 두 그루의 감나무는 잎이 무성하고 그 밑에는 수많은 생물들이 안락하게 살아간다.

한 그루는 20년 전에 심은 것이고 다른 하나는 10여 년 전에 심은 것이다. 20년 전에 심은 나무는 작은 감이 많이 열려 5~6백 개씩 열리고 10년 전에 심은 감나무는 감이 크고 달며 백여 개씩 열린다.

나는 풍성한 감나무만 보아도 즐겁고 풍요로움을 만끽한다. 앞집과 옆집에도 감나무가 한 그루씩 있으나 새들은 철저하게 외면해 버린다. 감나무에 농약을 살포했기 때문이다. 우리 집만 농약을 하지 않고 집게로 벌레(흰불나방)를 잡는다.

벌레가 겨울을 나기 위해 가을에 나뭇잎을 돌돌 말아서 집을 짓는데 이것을 집게로 따서 불에 태운 결과다. 오뉴월에도 집사람이 틈만 나면 사다리를 놓고 올라가서 집게로 벌레를 열심히 잡은 덕분이다.

참새도 감나무의 벌레를 잡아먹는 것 같다. 자연의 먹이사슬과 공존의 법칙을 생각하니 재미있다는 생각이 든다. 음식찌꺼기를 묻은 땅속에서는 지렁이가 부지런히 분해 작용을 한다.

오죽의 연둣빛 줄기도 하늘을 향하며 나날이 줄기와 잎을 키워 간다. 어느 해부터 생기기 시작한 오죽 잎을 갉아 먹는 벌레도 집게로 잡아 준다. 2cm나 되는 애벌레가 순식간에 잎을 먹어 치우기 때문이다. 화살촉나무도 새잎을 날로 키워 가며 초록대열에 정렬해 있다. 화살촉나무에는 독한 쐐기가 살고 있다.

지난해엔 집사람이 쐐기한테 쏘여서 병원에까지 가서 치료를 받았다. 나무마다 특성이 있어 기생하는 해충도 다양하다. 옥잠화는 날로 잎을 넓히며 푸르러 간다. 한 포기 얻어다 심은 담쟁이덩굴이 어느덧 담장을 넘어 이웃집을 향한다.

이층 담 너머로 줄기가 올라가자 싹둑 잘라 버리는 이웃집의 인심이 황량하다. 2층집을 가리는 매실나무는 가지를 더욱 힘차게 뻗는다. 감나무 가지가 현관까지 뻗어서 금년에는 빨간 감을 손으로 딸 것 같다. 내가 옥상에서 가꾸는 60여 개의 화분에는 꽃들이 다투어 피어난다.

꽃달개비, 변경초, 백년초, 제라늄, 프리지아, 선인장 등 십여 가지의 꽃이 피어난다. 수련, 물배추, 물동전, 물옥잠화 등의 수생식물도 서너 종류가 있다. 아침저녁으로 화분에 물을 주고 커 가는 모습을 지켜보는 기쁨도 크며 행복한 마음이 넘쳐흐른다.

하루가 몰라보게 커 가는 새잎과 줄기를 뻗는 꽃들의 기상이 장하다. 우리 집 돌돌이는 내 발소리를 언제 들었는지 쏜살같이 옥상으로 올라와 꼬리를 흔들어 댄다. 수반에 부레옥잠, 물동전, 수련, 물배추 등 수생식물이 네 종류가 있어 언제나 물이 가득하다. 돌돌이는 항상 부레옥잠이 심겨진 수반의 물만을 먹는다.

부레옥잠은 정화식물이라서 물맛이 좋은가 보다. 짐승은 본능적으로 청결한 물을 구분할 줄 아는 것 같다. 잎에서 향기가 나고 번식이 잘되며 잘 자라는 제라늄은 일 년 내내 꽃이 피고 진다. 하나는 짙은 주황색 꽃을 피우고 다른 하나는 연분홍 꽃을 피운다.

연분홍 꽃은 식당에서 아주 조그마한 가지를 얻어다 심은 것이고 주황색 꽃은 집사람이 스승의 날 한글반 할머니가 선물한 꽃이다. 꽃이나 사람은 귀해야만 대접을 받는 것 같다. 값이 비싼 군자란 같은 난초와 분재는 몇 백만 원이 나간다. 사람들이 특별히 관리를 해야 한다.

가끔 집사람이 옥상의 꽃들을 돌보면서 값싼 꽃들만 있다고 푸념을 한다. 그러면 내가 꽃은 흔하고 귀한 것 없이 보기 좋고 기르기 쉬우면 된다고 하면 일정 부분은 수용한다. 존재의 본질적 가치가 돈으로 평가받아서는 곤란하다는 생각이 든다. 절대적 가치인 생명을 돈으로 비교해서는 안 된다. 60여 개의 꽃 중 몇 가지만 돈을 주고 사 왔고 나머지는 번식이 쉬운 꽃들을 식당에서, 혹은 친구 집에서 얻어다 키운 것이다.

말이 얻은 것이지 가지치기나 잎 하나 주워다 꺾꽂이해서 심은 것이다. 그러기에 커 가는 과정과 뿌리 내리고 잎과 꽃이 피는 과정을 관찰하는 기쁨이 크다. 꽃은 새잎을 넓혀 갈 때가 보기 좋고 또 꽃 필 때가 아름다우며 꽃잎을 흩날릴 때가 더욱 아름답다. 마치 어린아이가 몰라보게 커 가는 모습과 같다.

하룻밤을 자고 나면 담장 위로 뻗어 오른 박 넝쿨처럼 빠르게 자라난다. 화단 노지에 심은 고무나무는 벌써 잎을 서너 개나 내밀었다. 창문 밑에 자리 잡은 동백꽃은 언제 씨앗을 떨어뜨렸는지 두 개의 새싹을 내민다.

창문 밖은 감나무, 매실나무, 팔손이나무로 겹겹이 녹음 벽을 이루고 있다. 도시의 작은 정원에 이처럼 녹음이 짙은 곳도 없으리라. 싱그러운 생명을 노래하는 옥상을 하루에도 몇 번씩 올라가 꽃들을 볼 수 있음이 고마울 뿐이다.

같은 종의 몇 가지 꽃을 정성껏 키우는 것은 꽃을 좋아하는 몇 사람에게 나눠 주려 함이다. 아름다움을 함께할 수 있다는 마음을 갖게 해 주는 주변의 고마운 사람들이다. (2009. 5. 21).

15. 유월의 바람 소리

　오늘따라 서해의 바람 소리가 요란하다. 하늘에는 먹구름도 없는데 여름날 태풍 같은 바람이 휘몰아친다. 평택은 산이 없어서 서해 바다의 바람이 거침없이 벌판을 가로질러 캠퍼스를 휘어 감는다. 전깃줄이 총소리를 내며 뿅뿅 울어댄다.

　평택에서 직장생활을 한 지 20여 년이 흘렀지만 변함없는 것은 바람 소리와 아침 여명과 저녁노을이다. 수시로 불오는 바람은 때로는 더위와 짜증을 쓸어 가기도 한다. 무더위도 서해의 태풍이 한 번 불어오면 시원하게 짜증과 함께 거둬 간다. 비를 동반한 바람은 정말 싫다. 우산을 찢고 옷을 적신다. 움직일 수 없게 모든 것을 정지시키려는 것 같다.

　배수시설이 안 되었던 90년대 초에는 장마철에 평택역까지 바닷물의 역류로 물이 차올랐다. 허벅지까지 차오른 도로를 학생들이 목말을 태워 역전까지 건너 주었던 일이 생각난다. 인정과 존경의 관계가 짙게 배어 있었던 때이다. 지금은 그들이 무엇을 하고 있을까 가끔은 생각이 스쳐 간다.

　기름진 논에서 생산되는 평택추청 벼는 전국 제일의 맛 좋은 쌀이며 저수지에는 가물치가 커 간다. 평야와 연못으로 상징된 평택과의 인연은 직장생활을 하면서부터였다. 이제는 제2의 고향이 되어 꽤나 정이 들었다. 사람은 살게 되면서 정이 붙는 것 같다. 풀 한 포기 나뭇잎 하나도 정겹고 사랑스럽다.

매일 만나는 사람도 반갑다. 이곳은 내 고향 충청도 사람들처럼 정겹고 유순한 사람들이 모여 살아간다. 마음씨이며, 행동이며, 말씨가 그러하다. 동쪽에서 솟아오르는 붉은 햇살은 언제 봐도 힘차고 찬란하다.

중원을 지배하던 고구려선조들의 기상처럼 보인다. 밝은 햇빛에 어둠과 우울함이 사라지고 또 다른 세상을 맞이한다. 아침을 여는 붉은 태양처럼 세상을 포용하고 넘치는 열정을 갖고 살아가라는 자연의 기대와 명령을 이행하여야 한다. 서해로 넘어가는 붉은 노을은 하늘을 뒤덮는다. 수평선 너머 전설의 고향으로 떠나는 태양을 생각하는 여유를 종종 찾는다.

너무 황홀해서 넋 놓고 저녁노을을 바라보던 시간이 아름답고 그립다. 마치 신혼부부의 침실 커튼처럼 흥분을 가라앉히기가 쉽지 않다. 떠오르는 여명도 아름답지만 이에 못지않게 지는 저녁노을의 아름다움을 만끽해 본다.

전깃줄을 울리며 유리창을 흔드는 힘찬 바람 소리는 처음에는 두려웠으나 이제는 친숙해졌다. 엄청난 자연의 위력 앞에 왜소해지는 인간의 나약함에 겸손함을 배우기도 한다. 때로는 꽉 막힌 가슴을 시원하게 뚫어 주기도 한다.

변화무쌍한 자연의 변화 속에 잘 적응하면서 자라나는 나무며 꽃들이 대견스럽다. 바람과 태양이 충만한 평택은 분명 축복받은 땅 같다. 캠퍼스의 층층나무가 푸른 잎을 흔들며 시간을 노래한다. 해를 더할수록 시원스럽게 가지를 뻗어 가는 느티나무는 이제 캠퍼스의 왕 그늘로 자리 잡고 있다.

누가 人長之德木長之敗라고 했던가. 느티나무 그늘 아래 잡초는 못 자라도 사람에게 드리워 주는 시원한 그늘은 고맙기 그지없다. 봄날 곱고 아름답게 피어났던 영산홍이며 철쭉꽃은 파란 잎을 열어 가고 무리 지어 화사하게 꽃피웠던 교정의 벚나무도 푸른 잎을 힘차게 키워 간다.

꽃사과나무, 모과나무, 살구나무, 은행나무, 소나무도 잎을 매일매일 키워 가는 모습이 흐뭇하다. 청단풍나무와 적단풍나무가 황토에 뿌리를 내려 건실하게 자라나고 있다. 십여 년 전 학교에서 교내에 나무 심기 캠페인을 벌여서 나도 빨간 적단풍 열 그루를 70만 원을 주고 인근 한경대 원예학과 교수 출신 선배에게서 구입했다.

분명 빨간 적단풍이라고 해서 샀는데 이듬해 봄에 빨간 잎이 아닌 푸른 잎을 내밀었다. 속은 것이 괘씸해서 항의를 하니 토양에 따라 잎이 달라진다면서 빨간 적단풍나무 한 그루를 무료로 주었다. 은행나무도 푸름을 더해 가며 넘치는 활기를 주체 못 하는 것 같다. 그렇게도 화려하게 피웠던 철쭉과 영산홍은 붉은 꽃잎을 초록으로 갈아입고 젊음을 자랑하듯 싱그럽게 줄기와 잎을 키워 간다.

우리 학교 땅은 황토여서 처음에는 나무들이 잘 자라지 못한다. 그러나 한번 뿌리를 내리면 검푸르게 잘 자란다. 유월의 여신은 푸르고 싱그러움으로 대지를 뒤덮고 우리에게 새 힘과 용기를 주어 고맙다.

유월의 노래를 들을 틈도 없이 흘러가는 시간이 마냥 아쉽게만 느껴진다. 유월은 첫 주에 종강을 하고 둘째 주에 기말고사를 보면 긴 방학에 들어간다. 나는 일주일에 9시간의 강의를 한다. 한 학기가 15주인데 어느새 중간고사와 기말고사 시간이 오는 줄도 모르게 다가온다. 매듭이 있는 대학의 시간 관리는 더욱 빠르게 느껴진다.

한 매듭 한 매듭 이십여 성상을 이곳에서 힘찬 바람 소리 들으며 청량한 햇볕 쪼이고 젊은 학생들과 함께 살아왔다. 어찌 보면 꿈같은 시간들이었다. 금년 여름방학에는 학생들과 백두산 등산을 갈 생각이다. 나는 여러 번 찾은 백두산을 또 오르려 한다. 자꾸 백두산을 찾는 것은 천지 호숫가에 널려 있는 좁쌀만 한 들꽃을 보기 위함이다.

이슬을 이고 있는 들꽃은 향기는 없어도 싱그럽고 신비로운 자태가 나를 감동시킨다. 들꽃 같은 미소를 지으며 고고하게 살아가는 노력을 현대 사회는 갈망하고 있다.

유월의 싱그러움처럼 나의 기쁨과 활력이 넘쳐흘렀으면 한다.(2009. 6. 2).

16. 후쿠시마 미하르조의 새벽길

　일본 후쿠시마 현의 미하르조에서 여명의 시간을 맞는다. 동쪽에 위치해 있어 아침이 일찍 열린다. 새벽 4시면 훤하게 날이 새며 태양이 밝아 온다. 세상이 창조되듯이 만물에 생기를 불어넣어 주는 아침 햇살이 아름답다.

　눈을 뜨면 삼 겹으로 층화된 앞산의 푸른 녹음이 눈에 가득 들어오고 널따란 저수지가 바다처럼 보인다. 신이 창조한 자연의 아름다움을 만끽하는 것 같다. 축구장보다 더 넓은 정원은 토끼풀, 질경이, 씀바귀 풀로 가득하다.

　우리나라 농촌 길가의 잡풀과 다를 바 없다. 즐거운 제비의 비행을 바라보니 마음이 상쾌하다. 까마귀, 참새, 이름 모를 산새들의 지지배배, 짹짹, 까악까악, 구구구 하는 아침 노래도 즐겁다. 새들은 묘한 하모니를 이뤄 음악을 연주하는 것 같다. 이어서 닭이며, 개며, 말들이 잠에서 깨어난다.

　우리나라의 시골처럼 닭 우는 소리, 말 우는 소리, 개 짖는 소리가 정겨워 보인다. 여기도 우기여서 흐린 날씨에 가끔씩 비가 내린다. 갈대로 지붕을 이은 일본 농가의 전통집이 시간을 말해 준다.

한 자쯤 되어 보이는 이엉의 두께가 춘추의 반복된 시간을 이야기해 준다.

갈대로 한번 이엉을 이으면 40년은 간다고 하니 긴 세월을 유추할 수 있다. 몇 시간 비가 내리면 갈대 이엉 속에서 잠자던 풀씨가 새파랗게 새싹을 틔워 지붕에 생명을 불어넣는다. 잠깐 날이 개어 볕이 들면 새싹은 간 곳 없이 사라진다. 마치 아침 햇살에 자지러지는 풀잎에 맺힌 이슬처럼. 초가집 옆에 관상용으로 만들어 놓은 물레방아가 밤낮을 가리지 않고 돌아간다.

우리나라의 서민들의 애환이 서린 물레방아처럼 느껴진다. 물레방아를 돌린 물은 조그만 수로를 따라서 저수지에 머문다. 한번 물레방아를 돌린 물이 다시 거슬러 와서 돌리지 못한다. 인간의 삶도 지난 시간을 되돌릴 수 없기에 순간순간을 가치 있게 성실하고 열심히 살아가야 한다. 일상에서 남을 돕고 사회 발전을 위해서 기여하는 삶이 소중한 것이다.

나는 수로를 따라 아침산책의 발걸음을 재촉한다. 수로 옆에는 자연스런 야생의 잡풀이 행복한 듯 하품을 하고 있다. 인공으로 만들어 놓은 습지에 수생식물이 자라난다. 천연의 상태와 별반 다르지 않다. 수선화, 물옥잠, 왕골, 등이 이리저리 가지를 뻗으며 자연을 노래한다. 널따란 저수지에는 아침 일찍부터 고기를 낚는 낚시꾼이 손맛을 즐기고 있다.

산책로를 지나 마치 별장처럼 지어 놓은 숙소는 전원생활관과 같이 미하르조를 찾는 여행객의 숙소로 이용된다. 오염되지 않은 맑고 깨끗한 전형적인 농촌 지역이다. 농촌이지만 어디에서도 과자봉지며 포장지 같은 쓰레기를 볼 수 없다.

후진국 농촌의 심각한 생활쓰레기 문제와는 완전히 다르다. 태국과 베트남을 여행할 때 비닐과 포장지가 천지를 굴러다니던 농촌 풍경과는 사뭇 다르다.

백두산 천지에도 라면봉지, 과자봉지로 쓰레기가 널려 있어 찾는 사람을 안타깝게 한다. 아침산책을 한 시간 정도 마치면 여섯 시가 된다. 나는 평소에도 온천을 즐기는데 이곳이 그 기쁨을 충족시켜 주었다. 전원생활관에 있는 온천을 찾아 온천수에 몸을 담그고 사색하고 휴식하는 즐거움이 크다. 깨끗하고 맑은 물에 몸을 담그고 명상에 젖어 보는 기분은 말로 헤아리기 어렵다.

어제저녁에 남탕에서 목욕을 해서 으레 그러려니 해서 다음 날 다시 그 탕에 들어갔다. 십 분쯤 지나니 우리를 안내하던 코사이 양이 탕으로 들어오기에 나는 기절초풍을 하면서 밖으로 뛰쳐나왔다. 사연인즉 일본에서는 매일 남탕과 여탕을 교대로 사용한단다. 음기와 양기를 조화시키기 위해서란다.

다음 날부터는 천에 쓴 글씨를 두 번씩이나 확인하고 목욕탕에 들어갔다. 일과가 끝난 오후 7시에 다시 온천을 즐긴다. 이렇게 매일 하루에 두 번씩 온천을 즐길 수 있는 여유는 행복했다. 모처럼 한가롭게 휴식을 취할 수 있어서 기뻤다.

정갈하고 입맛에 맞는 아침식사를 한다. 식탁의 다양한 반찬은 외국 여행의 피로를 없애 주기에 충분하다. 연수생이 머물고 있는 홈스테이 가정을 방문하여 연수생과 집주인과 농장을 보면서 이야기를 나눈다.

이번 연수는 보건복지부 산하법인인 농어촌청소년육성재단에서 12년간 청소년 일본 농촌 연수 프로그램으로 이루어지고 있다. 나는 여자 청소년 8명, 남자 청소년 12명, 지도자 5명을 총 책임진 연수단장 자격으로 방문하였다. 연수생들은 대부분 농과대학을 졸업하고 농촌에서 기업농에 가까운 대규모로 농사를 지어 연간 소득을 2~3억 원씩 올리고 있는 젊은이들이다.

건장한 몸에 의욕 넘치는 이들을 볼 때에 우리의 농촌도 미래가 있다는 사실을 인식하게 되었다. 일본 사람들이 가까운 친척들도 집에서 재우지 않는 풍습을 생각하면 우리 연수생들에게 홈스테이를 해 주는 것은 파격적인 대우를 해 준 셈이다. 일본도 젊은이들이 도시로 나가서 농촌에는 노인 부부들밖에 없다.

비록 4일이라는 짧은 기간이었지만 우리 청소년들이 일손을 돕고 이야기를 나누는 일에 이들은 매우 흐뭇해한다. 느타리버섯, 화훼종묘양식, 담배재배, 젖소사육, 방울토마토, 오이, 호박, 화훼재배를 자신의 영농과 같은 농가에서 일을 하면서 우리보다 선진영농기술을 습득하게 된다. 떠나는 날엔 비록 짧은 기간이었지만 농촌 아낙네들은 연수생을 부둥켜안고 눈시울을 적시는 것이 전형적인 동양 사람의 인정문화의 단면을 보는 것 같았다.

하루는 농가의 저녁 시간을 같이할 기회가 있었다. 풍성한 식탁에 빠지지 않는 사케(일본 정종)를 마시면서 쉴 새 없이 이야기를 나누었다. 하루에 이렇게 오전과 오후에 각각 두 곳의 농가를 방문하면 하루 일과가 끝난다. 해묵은 팸플릿을 비롯해서 자료를 철저하게 보관하는 일본 농부들의 모습이 새롭다.

넓은 다다미방 벽은 가족들의 사진과 상장으로 진열되어 있고 자녀를 자랑스럽게 생각한다. 농장 연수를 마친 마지막 날에 미하르조 주변의 드라이브 관광에 나섰다.

한 시간 반 정도를 달려서 반다이 온천을 찾았다. 넓은 온천과 야외 탕에는 맑은 온천수가 넘쳐흐르고 깨끗한 사우나탕에서 땀을 빼며 피로를 풀었다.

온천 후 시원한 아사히 맥주를 마시는 상쾌함도 좋았다. 내일은 도쿄로 떠나야 하기 때문에 한·일 간 석별의 행사가 저녁에 열렸다. 경비는 한·일 양측에서 반반씩 부담하는 철저한 더치페이였다. 심지어 통역을 맡은 조선족 여자까지 회비를 냈다. 시장, 부시장, 교육장은 물론이다. 아직도 국가 돈을 물 쓰듯이 사용하는 우리와는 대조적이다.

미하르조의 시장, 교육장, 농민단체장의 만찬 인사가 끝나자 내가 인사말을 하게 되었다. 나는 어떡하면 짧은 시간에 일주일간 머문 일을 표현할까 생각하다가 하나는 아름다운 자연환경과 다른 하나는 시민들의 이야기를 1분 내에 하기로 마음먹었다. 나는 이야기를 시작했다.

"한국에서는 음식 차려 놓고 이야기를 하지 않는다. 그러나 오늘이 규범과 예외가 되는 사건을 이야기할 수밖에 없음을 이해해 주기 바란다. 미하르조의 아름답고 깨끗한 환경은 나를 20년이나 젊게 만들었고 상냥하고 친절하게 미소 짓는 시민들은 또 20년을 젊게 만들어 내 나이가 스무 살이 되었다. 더 머물다가는 어린애가 될 것 같아 나는 내일 이곳을 떠나려 한다." 참석자들의 박수와 박장대소가 터져 나왔다. 건배가 이어지고 자리를 돌며 격려하고 인사하기에 분주했다.

파티가 종반에 이르자 한·일 양쪽에서 준비한 공연이 있었다. 우리 청소년이 준비한 가야금 반주에 맞춰 진도아리랑을 구성지게 불러 참석자들의 박수갈채를 받았다. 이어 답례로 미하르조의 풍물패가 일본의 전통농악인 북을 십여 명이 신명 나게 두들기며 노래를 불렀다. 6개의 크고 작은 북으로 장단을 맞추면서 우렁찬 노랫소리와 함께했다. 이어서 참석자 전원이 일어서서 북장단에 맞춰서 빙빙 돌면서 춤을 추었다.

한일은 역사적 특성 때문에 가깝고도 먼 나라지만 오늘만은 아주 가까운 이웃처럼 느껴진다. 여독을 풀기에 충분한 시간이었다. 아침 아홉 시에 출발 예정인데 주민들이 한 시간 전부터 나와서 홈스테이 청소년들과 작별하기를 아쉬워하며 선물을 주고 눈시울을 적신다.

차창에 어리는 미하르조의 산야와 농장을 뒤로한 채 즐거운 마음 가득히 안고 달리는 차창가에서 여행의 기쁨을 만끽할 수 있었다. 미하르조의 아름다운 추억을 가슴에 안고 나는 도쿄로 발길을 옮겼다. 40년 전 동경올림픽 때에 세계 선수들이 머물던 청소년센터에 숙소를 정했다.

한국의 청소년들이 부모와 여행을 왔다. 해외여행이 자유롭고 경제사정이 좋아져서 한 · 일 간 왕래도 번잡하다. 귀에 익은 우리말 소리가 정겹게 들렸다. 일본도 우리와 같이 영어 열풍이 불어 올림픽 기념관에서 초 · 중등학생을 대상으로 미국인 강사가 영어캠프를 하기에 열중이었다. 도쿄야 여러 번 온 곳이지만 이렇게 여유롭게 찾아오기는 처음이다. 이틀 밤을 묵으면서 도쿄 시내 자유 관광을 하였다.

우리의 안내를 맡은 미야하라 상이 저녁식사에 초대하였다. 말고기, 타조고기 안주에 소주와 사케를 마시며 우정을 쌓았다. 마지막

에는 시도교류기구 전무이사가 도쿄에 있는 한국 식당에서 막걸리
와 빈대떡으로 술을 샀다.

전무이사는 나이가 칠십이 넘었는데 칠십에 영어공부를 시작해서
영어 4급 자격도 획득하였다. 지금은 한국어를 며칠 동안 배워서 메
모하여 간단하게 한국말로 인사를 하였다. 괴테가 나이 칠십에 외국
어를 배워 책을 읽었듯이 배움에는 시간의 장벽이 없는 것 같다.

일본에서 막걸리 열풍을 실감할 수 있었다. 긴자의 한국 식당에
서는 일본인 20대 젊은 남녀가 막걸리 잔을 비워 가며 이야기꽃을
피워 간다. 인종을 뛰어넘어 인류애는 존중되며 키워 갈수록 아름
다움과 행복이 커 감을 느껴 본 연수였다. (2009. 7. 9).

17. 장마에 우는 팔손이 잎

장마가 지나간 듯하더니 쉬지 않고 주룩주룩 밤비가 내린다. 사별하는 부부의 한스런 눈물처럼 하염없이 내린다. 30년 만에 내리는 긴 장마란다. 자그마치 30일이나 장마 기간이 지속된단다. 이번 장마는 낮에는 볕이 들고 밤에는 비가 오는 날이 많아서 활동하기에 별 지장이 없어 다행스럽다.

창문을 가린 팔손이나무 잎이 빗소리에 장단을 맞춘다. 빗방울이 떨어지면 우두둑거리며 쉬지 않고 노래를 한다. 아름다운 이야기를 하고 좋은 아이디어를 내서 공동체 발전에 기여할 수 있을 때에 사회 구성원은 격려와 사랑의 박수를 보낸다.

팔손이나무 잎에 부딪치는 빗소리가 이와 같이 느껴진다. 하늘에서 내리는 비는 만물에 생명을 키워 가는 것 같고 팔손이나무 잎에 떨어지는 빗소리는 연못의 연잎에 떨어지는 빗소리처럼 잘 조화를 이룬다.

우리 집 창가에서 자라는 팔손이나무는 사시사철 푸름으로 안방을 지켜 준다. 팔손이나무를 거쳐서 안방으로 들어오는 바람과 공기는 정화되어 몸에 좋다는 의학적 근거가 밝혀졌다. 팔손이나무가 공기정화와 항암효과에 뛰어나다는 기록에 대한 신뢰 때문이다. 방충망이 가려서 햇빛이 방에 들어오지 않아 조금 아쉽기는 하나 덥지 않고 그늘 속에 시원함과 상쾌한 공기는 여름 나기를 어렵지 않게 해 준다.

팔손이나무는 잎 갈래가 일곱이어서 칠손이나무라야 하는데 왜 팔손이나무라고 부르는지 연유를 모르겠다. 십여 년 전만 해도 중부이북 지방에는 팔손이나무와 동백나무가 자라지 못했다. 그런데 기후변화로 지금은 잘 자란다.

아열대성 기후로 점차 변해 가고 있어 겨울에도 옛날처럼 춥지 않기 때문이다. 넓은 이층집 안방에 혼자 앉아 빗소리를 듣자니 만감이 교차한다. 함께 있던 부인도 한 달간 해외여행 중이다. 항상 같이 있던 사람이 없는 외로움과 불편함을 뼈저리게 느껴 본다. 어린 시절 개울가에서 비를 맞으며 미꾸라지, 붕어, 송사리를 잡던 추억이 떠오른다.

엄지손가락만 한 송사리 한 마리를 잡고 천하를 얻은 듯 기뻐하던 시절이 있었다. 비 맞아 추워서 떨어도 그 기쁨과 재미는 무어라 표현할 수 없었다. 비 맞으며 고기 잡던 추억은 영원한 아름다움이며 기쁨이었다.

초등학교 5학년 때에는 모기장으로 매미채를 만들어 가죽나무에서 울고 있는 매미 한 마리를 잡고 또 그렇게 좋아했다. 지금 생각해도 그 설레던 마음이 흐뭇하다. 시간에 따라 소유의 가치와 욕망이 달라지는 인간이라 선인은 일찍이 조석으로 변하는 마음을 다스릴 것을 가르쳤다.

항상심을 유지하면서 판단하고 행동하기란 쉬운 일이 아니다. 거기에는 철학과 삶의 가치관이 확립되어 있어야 한다. 젊은 시절의 열정적인 삶이 지나가고 나이 들어 지난 시간을 반추해 볼 때에 후회스러움이 없도록 살아가기 위해 부단히 노력해야 한다. 삶은 시작과 과정도 중요하지만 마지막 정리도 매우 중요하다.

목표와 가치 구현을 위한 노력이 결실을 맺기 위한 일정표를 만들어야 한다. 성취욕보다 최선을 다하여 이뤄 놓은 결과가 정말로 아름답다. 다행히도 요즈음 인생의 황혼기에 삶을 정리하고 마지막 남길 가치 있는 업적을 기리려는 사람들이 많아져서 좋다.

전 재산을 정리하여 장학금으로, 또는 사회복지시설 후원금으로 내고 조용히 저승길을 기다리는 사람들의 여유 있는 모습이 넉넉해 보인다. 인간은 살아가는 동안도 중요하지만 마지막을 아름답게 정리하고 떠나는 것이 더 중요하다.

길을 떠날 때에 설렘과 기대로 부풀어 있듯이 목적지에 도착했을 때 희열과 보람을 느낄 수 있어야 한다. 장맛비는 우두둑우두둑 파란 팔손이 잎에 구르고 앞에 있는 밤만큼 자란 풋감을 떨어뜨린다.

이렇게 속절없이 감이 떨어져도 붙어 있는 감을 보면 처음에 얼마나 많은 감이 열렸나를 짐작할 수 있다. 감나무는 꽃이 필 때부터 자라면서 수없이 떨어진다. 그래도 가을에 발갛게 열매 맺는 수가 적지 않다.

감나무 옆의 동백나무도 뒤질세라 가지를 부지런히 뻗어 간다. 불과 몇 십 년 전만 해도 동백 열매로 기름을 짜서 여인들이 머리에 발라서 화장을 했다. 돌아가신 할머니께서도 동백기름을 바르던 생각이 난다.

우리 민족과 수많은 사연을 같이한 동백꽃은 볼품은 없어도 정이 간다. 여름철 장마가 생명을 단련시키며 존재성을 키워 간다. 이런 와중에도 잎이며 가지를 힘차게 뻗어 가는 수목의 생명력은 감탄할 만하다.

우리 집 돌돌이는 비가 싫어 비만 오면 현관문을 발로 긁어 댄다. 현관의 신발장 안으로 들어와 꼬리를 내린 채 비가 그치기를 기다린다. 화분에 심은 고무나무가 팔을 벌려 동백나무에 구애하듯 날로 잎을 키워 간다.

잎을 하나 따서 꽂아 놓거나 가지를 잘라 꽂아 놔도 뿌리를 내려 번식이 잘되는 고무나무다. 돌돌 말린 잎을 펴는 고무나무의 커 가는 모습은 아기가 커 가는 것처럼 귀엽고 아름답다. 지난해에 떨어진 동백나무 씨가 팔손이나무 아래서 잎을 내밀며 자라고 있다. 시기하거나 질투하지 않고 서로 어울려서 자라나는 정원의 나무가 한없는 자유와 평안을 누리게 한다.

미움과 시기는 이기심의 산물이며 옹졸함의 표현이다. 말 못 하는 식물에는 사랑의 영혼이 있는 것 같다. 서로를 시기하거나 질투하지 않으며 한 줄기 햇빛을 찾아서 잎과 가지를 뻗어 간다. 서로를 존중해 주며 자신의 영역을 키워 간다.

어찌 보면 욕심 많은 인간이나 이기적인 사람보다 나무가 나아 보인다. 부질없이 욕심을 키우거나 발버둥 치는 어리석은 사람들은 집 뜰에 나무를 심어 가꿔 가면서 마음을 비워 가는 이치를 깨달아야 한다. 나는 이들 나무를 마음껏 감상하고 고마워하며 바라보고 생각할 수 있음이 다행스럽다.

숲에서만 나무를 보고 즐길 수 있는 것이 아니라 집에서 한 그루 나무를 마치 숲속의 나무처럼 생각하며 볼 수 있음은 마음먹기

나름이다.

　부족한 것에 대한 넉넉함은 진실로 마음에 있음을 알아야 한다. 잃어버린 고향과 조국 땅을 다시 밟을 때의 마음처럼 존재하는 모든 것에 대한 고맙고 감사한 마음을 가질 때에 기쁨이 된다.

　존재하는 모든 것은 소중하고 가치가 있기 때문이다. 즐겁게 비를 맞는 팔손이나무 잎에서 넉넉한 풍요와 포용의 의미를 되새겨 본다. (2009. 7. 27).

18. 동학사 계곡에 발 담그고

　지루한 장마 속에도 짬짬이 맑아지는 여름 하늘은 따가운 햇살을 쏟아낸다. 장마 속에 반짝 드는 햇살 덕분에 식물이 죽지 않고 커 갈 수 있다. 반짝 비춘 태양은 번진 곰팡이를 죽이고 탄소동화작용을 해서 잎사귀를 키우며 그늘을 만들어 준다.

　생태계의 균형을 유지해 주며 세월을 낚아 가고 있는 자연의 순회이다. 불균형이 이루어지면 자연은 제 기능을 다할 수 없다. 산을 절개하여 도로를 내거나 집을 지으면 산사태가 난다. 원래의 모양으로 복구하려는 산의 성질 때문이다.

　자연을 존중하면 파괴하지 않고 살아가는 지혜가 제일이다. 사람의 자취가 있는 곳은 자연에는 해가 되고 파괴의 시작이 된다. 자연은 자연 그대로 놔두는 것이 제일이다. 자연보호는 아무리 강조해도 부족함이 없는 이유다.

　한용운 님의 '알 수 없어요'의 시처럼 "바람도 없는 공중에 /수직의 파문을 내이며/ 고요히 떨어지는 오동잎은/ 누구의 발자취입니까/ 지리한 장마 끝에 서풍에/몰려가는 무서운 검은 구름의/ 터진 틈으로 /언뜻언뜻 보이는/푸른 하늘은/누구의 얼굴입니까" 언뜻언뜻 푸른 하늘이 물푸레나무 잎 사이로 가득 드리우고 맑은 물이 쉼 없이 흐르는 동학사 계곡을 찾았다.

고교시절 야영대회를 하던 곳이기도 하다. 불어난 계곡물이 소리 내어 흐르고 불침범인 나는 사방을 랜턴으로 비춰 보면 여학생 텐트에서 곤한 잠을 자고 있을 좋아하는 여학생을 생각하며 시간을 보냈던 기억이 새롭다.

물소리 들으며 오순도순 이야기 나누고 싶었던 그 시절이 그립다. 지난 시간은 모두가 아름답고 그리워지기에 더욱 소중하다. 동학사에서 한 시간쯤 올라가면 선녀가 목욕을 했다는 은선폭포가 나온다. 은선폭포 아래서 물벼락을 맞으며 놀았던 10대의 시절도 그리워진다. 빛바랜 흑백사진이 어딘가에 남아 있을 것 같다.

지난밤 내린 비 덕분에 계곡마다 물이 넘쳐흐르며 자연이 노래하는 소리가 한가롭다. 계곡 옆에 있는 돌 위에 앉아 양말을 벗고 발을 담근다. 발을 따뜻하게 해야 춥지 않듯이 항상 발을 깨끗이 닦아야 피로가 풀리고 상쾌해진다.

계곡물에 발 담그는 시원함은 여름을 잠시나마 잊게 한다. 어디서 왔는지 중고기 새끼가 발을 간지럽게 한다. 물이 있기에 생명이 살아 숨 쉬니 어린 물고기 새끼마저 정겹다.

오랜만에 느껴 보는 한가로움이다. 시원한 물은 발을 통해 온몸의 더위를 식히고 맑게 흘러간다. 발은 냉동이 된 듯 오랫동안 시원함이 머물고 있었다. 옆에서는 두 살 난 어린아이, 어머니, 시어머니 셋이서 김밥을 싸 와서 점심을 먹으면서 이야기를 한다.

고부간의 갈등과 세대단절도 조금만 상대방 입장을 생각하고 이해해 준다면 해소될 수 있을 텐데 항상 안타깝게 생각한다. 그런데

이 가족은 아주 화목해 보인다. 인간의 소중한 관계는 상대방 입장을 존중해 주며 배려하려는 노력이 있을 때에 가능하다. 이들은 서로를 이해하고 함께하는 것 같아서 보기 좋았다.

매미 소리가 유난히 요란하다. 한철의 아름다운 노래를 부르려고 3년의 긴 시간을 쾨쾨하고 눅눅한 어둠 속에서 굼벵이로 살다가 매미로 태어나 노래를 부르니 참으로 경이로운 일이다.

내가 매미에 호감을 갖게 됨도 이 때문이다. 흐르는 물소리와 매미 소리가 잘 어울려 마음에 평온을 준다. 자연의 노래이기에 듣기 싫지 않고 마음은 정숙과 고요함이 스며든다. 자연의 섭리를 다시 한 번 생각하고 인생을 반추해 볼 수 있는 여유로움을 만끽해 본다.

태초부터 흐르는 동학사 맑은 계곡물은 수천 년 동안 많고 많은 사람들이 발을 담그고 더위를 식혔을 것을 생각한다. 몇 년 전 어느 봄날 동학사를 찾았을 때 꽃뱀이 혀를 날름거리자 길 지나던 젊은 여승이 '아이 귀엽다.'라고 말하며 바라보던 기억이 난다.

하나의 사물을 어떤 시각과 마음으로 보느냐에 따라서 느낌과 표현이 달라지는데 세상을 굳이 자기만 옳다고 주장해서는 안 될 일이다.

혐오스러움과 적대감의 뱀마저 아름답게 볼 수 있는 여승의 마음을 이해할 수 있어야 한다. 병실에서 병마로 고생하며 있다가 건강을 되찾아 퇴원하여 보는 세상은 모든 것이 소중하고 새롭게 느껴진다.

병실에서 병마를 훌훌 털고 퇴원하는 기분은 세상을 다 얻은 것 같다. 자연은 변함이 없지만 날로 변하는 인간의 마음을 진실과 수양으로 다스려서 항상심을 유지해 가야 한다. 자연의 조그만 부분까지도 아주 소중하게 생각하면서 아끼고 보호해야 한다. 후일의 사람들을 위해서다.

이것은 오늘을 사는 모든 사람들의 의무이며 사명임을 인식하여야 한다. 내가 다 먹고 떠난 자리에 쓰레기만 남는다면 세상이 얼마나 더럽고 허망하겠는가. 여백의 문화를 키워서 항상 부족함에 만족하고 타인과 후일을 생각할 줄 아는 마음을 가져야 한다.

잠시 더위를 잊고 망중한을 즐길 수 있음도 넉넉한 자연의 베풂 때문이다. 도심의 소음과 복잡함을 잊을 수 있는 동학사 계곡과 계룡산이 있다는 것은 커다란 혜택이다.

장마 속에도 새 생명을 지키고 삶에 활력을 주는 자연의 고마움에 감사한 마음이 절로 든다. 타인을 위해서 자연 같은 위로의 말과 휴식의 시간을 만들어 주는 일은 무엇보다 소중하다.

무더운 여름날 맑고 깨끗한 동학사 냇물에 발 담그고 사색하는 기쁨이 크다. (2009. 7. 29).

19. 떨어져 있어 봐야

금년 7월 나는 혼자 있는 시간을 만끽하며 인간의 사회관계에 대하여 깊이 생각해 볼 수 있었다. 특히 부부관계에 대하여 절실하게 느껴 볼 수 있는 기회를 맞아서 인간이 사회적 동물이란 말의 진실성을 절실하게 체험했다.

7월 5일 나는 15일 일정으로 농어촌청소년 선진국농촌체험 교환 프로그램의 연수단장으로 25명의 연수생을 인솔하고 일본후쿠시마에 갔다. 아내는 내가 귀국하기 전날 한 달 일정으로 막내아들이 공부하고 있는 영국 옥스퍼드에 갔다. 한 달 넘게 떨어져 있게 됐다. 결혼생활 30년 동안 이렇게 오래 떨어져 본 적이 없었다.

항상 아침에 출근하고 저녁에 돌아와서 침식을 같이해 왔기 때문이다. 간혹 회의나 여행으로 이삼일, 해외여행 갔을 때도 보름 정도를 떨어져 본 일은 있었지만 이렇게 오래 떨어져 보기는 처음이다.

일상생활이야 변함이 없지만 넓은 이층집에 혼자 있자니 고독함과 외로움이 온몸으로 엄습해 온다. 식사를 할 때도 영 맛이 나지 않는다. 나는 식사를 누구랑 같이 하는 버릇이 있어 혼자 먹는 기회가 많지 않았다. 항상 풍성하고 정성껏 차려 주던 아내의 정성과 고마움을 지금에야 느껴 본다.

혼자 먹는 빵 쪼가리가 모래알 씹는 것 같았다. 빨래며 청소며 모두가 정지된 상태였지만 옥상의 화분에 물 주는 기쁨은 멈추지 않았다. 오십여 개의 화분에서 작열하는 태양을 받으며 꽃들이 무럭무럭 잘 자라고 있다. 가끔은 새로운 잎을 키워 가는 옥상의 꽃들이 위안을 준다. 집에는 유일하게 반겨 주는 돌돌이만 있을 뿐이다.

작은 개(돌돌이)마저 숨 쉬지 않는 집은 상상하기 어려울 만큼 고요와 적막이 감싸 있을 테니까. 돌돌이에게 관심을 가져 본다. 머리를 쓰다듬어 주고 사료를 주며 털을 다듬어 준다. 그동안 외식을 할 때에 남은 고기를 싸다가 돌돌이에게 준 덕에 나를 잘 따른다.

오늘따라 항상 꼬리를 흔들어 대는 돌돌이가 정겨워 보인다. 집 안에서 부부의 하는 일상이 다르지만 같은 공간에서 함께 있다는 사실이 심리적으로 포근함과 안정감을 느끼게 해 주었다. 선배가 나이가 들면 혼자 살아가는 지혜를 배우고 죽음을 연습해야 한다는 말이 실감 난다.

배우자와 같이 사랑하며 살다가 어느 한쪽이 세상을 뜨면 얼마나 충격적이고 일상의 외로움이 클까를 생각해 본다. 책을 읽고 글을 쓰고 사색을 하거나 동학사 계곡을 찾아 발을 담가도 마음 한구석에는 표현 못 할 외로움이 가득 차오른다. 인생은 혼자 와서 함께 살다가 혼자 가지만 함께 사는 동안이 소중하고 아름다워야 함을 절실하게 느껴 본다.

함께 있을 때에 아껴 주고 사랑해 주는 일을 기쁨으로 실천하면서 살아가야 한다. 상대방을 배려하고 사랑하는 것보다 더 소중한 것은 없다. 평소에는 물과 공기의 소중함을 모르고 살다가 공기가 탁한 곳에 가거나 등산길에서 목이 마를 때에 공기와 물에 대한 소중함을 알게 되듯이 잊고 지난 일상에 대하여 가끔은 되돌아보며 자성해야 한다.

정말로 사람이 함께 살아간다는 것이 얼마나 고맙고 감사한 일인지를 알아야 한다. 주변의 가깝지 않은 사람에게 더 많은 관심을 갖고 나누며 베풀어야 할 이유다. 헤르만 헤세의 '인생의 마지막 길은 나 혼자 간다'는 시 구절의 의미를 맛보기에 충분했다. 함께하는 시간의 아름다움을 끊임없이 창조해 가야 새로운 기쁨이 싹트게 된다.

시간이 지나면 고통의 시간도 그리워지고 아름답듯이 인간은 풍요롭고 행복한 현실을 찾지 못하고 느끼지 못하는 어리석음이 너무 큰 것 같다. 고독이 인간을 성숙시켜 준다는 의미는 진실로 사물을 관조하고 존재가치와 관계에 대한 소중함을 이야기한 것 같다. 우리 주변의 사람과 사물에 대하여 항시 감사하며 사랑의 언어를 속삭이며 살아가야 한다.

노부부가 손을 꼭 잡고 점심식사를 하러 식당을 찾는 모습의 정겨움을 다시 새겨 본다. 서로 의지하고 버팀목이 되어 주는 관계를 유지하면서 신뢰를 갖고 살아감이 중요하다. 인간은 죽을 때까지 자신의 일에 온 정열을 바치는 것이 행복할 수 있다. 어떤 일에 몰입해서 열심히 최선을 다 바치는 일을 하여야 한다.

심산유곡에서 도를 닦기 위해 참선하는 수도승 같은 자세로 자신의 평생을 위해 열정을 바쳐야 한다. 한곳에 몰입할 때에 다른 생각의 여백이 사라지고 새로운 열매를 수확할 수 있기 때문이다. 인간의 사랑도 이와 같아 변함과 오해 없이 진실하게 이어 가야 한다.

부부간의 사랑은 연인과의 사랑보다 더 완숙하고 변함없는 사랑이어야 한다. 사랑은 신뢰 속에서 커 가므로 어떠한 일이 있어도 이를 상실해서는 안 된다. 신뢰의 상실은 도덕적 기반의 붕괴를 의미하기 때문이다.

부부만은 진실의 끈으로 사랑을 이어 가야 한다. 일생 동안 수많은 사람을 만나고 헤어지는 것이 순리이지만 역겨운 만남은 만들지 말고 아름답고 즐거운 만남을 이어 가야 한다. 잊히지 않는 관계는 서로의 존경과 추억이 있을 때에 가능하다. 효자보다 악처가 낫다는 말이 의미하듯 부부는 서로를 가장 잘 알고 파악하기 때문에 이해하기 쉽고 함께할 수 있다.

함께 사는 날까지 이해와 사랑으로 감싸 안으며 행복하게 살기 위한 노력은 사람의 도리이며 기본이다. 떨어져 있어 같이 있을 때의 소중함을 알게 되고 외로움을 사색으로 승화시킬 수 있었다.

함께할 때에 후회 없이 잘해 주고 아끼며 살아가야 한다. (2009. 8. 5).

20. 여름 가고 가을 오고

　지루한 장마도 찌는 무더위도 흘러가는 시간을 거스르지 못한다. 오늘이 여름이 가고 가을이 온다는 처서다. 낮에 내리쬐던 땡볕도 해가 지면 가을바람에 자취를 감춘다.

　저녁노을이 수줍어 얼굴을 가리면 서녘의 시원한 바람이 불어오기 시작한다. 초저녁부터 쉬지 않고 울어 대는 풀벌레 소리가 정겹게 들린다. 누구를 찾는 소리인지 애처로운 듯 시원한 울음소리가 듣기 좋다. 풀벌레 소리를 들으며 잠드는 평화로운 시간이 진정 행복하다. 새벽녘이면 이불을 덮게 하는 기온이다.

　가을엔 낮에는 덥고 밤에는 기온이 내려가 식물이 낮에 탄소동화작용으로 생산한 영양분을 열매와 뿌리에 저장하는 질산작용이 이루어진다. 가을이 결실의 계절이란 말이 생긴 이유이다. 따지고 보면 모든 자연의 이치가 변함없이 합당하여 인간이 삶을 영위해 갈 수 있다.

　변함없는 계절은 8월 중순이 지나가면 조석으로 서늘한 바람이 불어와서 더위의 고통을 잊게 해 준다. 여름방학도 끝나고 2학기 시작이 일주일로 다가왔다. 해마다 긴 방학이면 하고 싶은 일도 많은데 어느덧 가 버린 시간을 아쉬워해야 하는 시간이다.

이십사절기의 하나인 처서는 더위에 지친 사람들의 기다림의 바람이 이루지는 시작이 된다. 처서는 입추와 백로 사이에 있으며, 태양이 황경 150도에 달한 시각으로 양력 8월 23일경이다.

늦더위가 복중보다 오히려 더 더워서 짜증스럽고 바깥활동을 자꾸 가로막기도 하지만 역시 가을의 문턱은 높지 않음을 실감하게 한다. 길가의 코스모스도 꽃을 피우고 매미의 애처로운 울음소리가 깊어 간다.

저녁이면 그리운 친구와, 혹은 더위를 이겨 낸 동료와 함께 시원한 맥주잔을 비우면서 더위에 지친 이야기에 시간 가는 줄 모른다. 처서로 접어들면서부터 수수가 고개 숙여 익어 가고 논에는 벼가 꽃을 피워 고개를 내민다. 금년도 풍년인 것 같다. 해마다 풍년이 들어 쌀 보관비용과 저미가로 농민의 삶은 어려워진다.

풍년이 반갑지 않은 상황이 역사의 아이러니처럼 느껴진다. 북한은 식량부족에 허덕이는데 남쪽은 쌀이 남아서 골칫거리다. 쌀 막걸리와 쌀 케이크, 쌀 과자 등 쌀 가공품을 정부에서 권하지만 소비는 늘어나지 않고 있다. 남북 간 우리 민족이 상생할 수 있는 방안을 찾아야 한다.

굶주린 북한 동포에게 배불리 먹을 수 있는 식량을 주는 것은 당연한 일인데 정치적 이유로 문제가 생겨 지원이 중단되고 있다. 북한 민중이 정치를 알지 못하고 동족을 미워할 이유가 없다. 몇몇 정치지도자의 정치놀음에 민중이 굶어 가는 현실이다.

쌀값의 안정과 소득 보장으로 역사의 그늘 속에서 고된 노동과 핍박으로 살아온 농민에게 보람과 희망이 됐으면 한다. 농민도 이제 대우받고 당당하게 살아갔으면 좋겠다. 가을은 오곡백과가 익어 가고 풍성함이 있어 인심이 넉넉해지는 계절이다.

풍성한 가을의 문턱에서 오랜만에 집사람과 계룡산을 찾았다. 오전 8시 30분에 집에서 동학사행 시내버스를 탔다. 동학사 입구 남매탑으로 가는 첫 번째 길이 가장 등산하기 쉬운 길이라서 이 길을 택해서 자주 걷는 길이다.

30분을 걸으니 땀이 나고 지쳐서 잠시 바위에 앉아 휴식을 취하고 다시 걷기 시작했다. 남매탑에서 배낭에 넣어 가지고 간 사과와 포도를 먹으며 휴식을 취한 후 다시 고개 넘어 금잔디고개에 이르렀다. 12시 30분이다. 등나무 그늘 아래 벤치에 앉아서 도시락을 펼치고 점심밥을 먹기 시작했다. 옆에는 75세의 백발 할아버지가 건강한 모습으로 식사를 하고 있었다. 할아버지가 2년 된 매실주 한 잔을 권한다.

맛이 좋은 아주 잘 익은 술이다. 한 잔 술이 고마웠다. 인간관계도 세월이 지날수록 새록새록 정이 솟아나는 신뢰와 사랑의 관계를 이어 가야 한다. 나도 배낭에서 포도 한 송이를 꺼내 놓고 먹기를 권했다. 조금 있으니 50대가량 되어 보이는 남자 두 사람이 앉아도 되겠냐고 묻기에 허락하니 정중하게 인사를 하며 자리에 앉는다. 사실 말없이 그냥 앉아도 되는데 정말로 인사성이 밝은 사람이다. 예의 바르고 점잖은 중년신사가 중후한 인품과 함께 친근감을 느끼게 한다.

바른 예절은 인간관계의 제일이며 타인을 기쁘게 해 주는 덕목이다. 처음 만나는 사람들도 이렇게 가깝고 정답게 이야기할 수 있는 우리 민족의 정문화가 위대한 것 같다. 금잔디고개에서 상신리

방향으로 하산 길을 변경하였다.

당초는 동학사에서 갑사로 넘어와서 시내버스를 타고 대전으로 오려 했다. 갑사로 내려가는 길이 가파르고 돌길이라 집사람을 배려하여 비교적 평탄한 상신리 길로 변경하였다. 상신리 시내버스 종점에서 시간을 보니 3시간을 기다려야 탈 수 있다. 하는 수 없이 우리는 걷기 시작했다.

족히 5킬로미터 이상을 걷다 보니 다리가 아프고 발바닥에 무리가 오는 것 같았다. 마침 하신리에서 트럭을 몰고 지나가는 농부를 향해 손을 흔들었더니 고맙게 우리를 공암까지 태워다 주었다. 동행을 부탁하자 생면부지의 사람인데 친절하게 트럭에 타라는 농부의 인정이 훈훈하다.

공암에 오니 대전 가는 시외버스, 시내버스가 자주 있었다. 냉방이 잘된 시원한 버스에 편히 앉아 오니 피로가 가신다. 집에 와서 찬물로 샤워하고 창 너머 감나무 잎 사이로 바라보니 맑고 푸른 하늘은 한가로운 흰 구름과 술래잡기를 하는 모습과 같았다.

정말로 살기 좋은 천혜의 은혜 속에서 살아가는 일상이 감사할 뿐이다. 누가 일찍이 삼천리금수강산이라고 했던가. 아름다운 산천이 주는 축복에 고마워할 줄 알아야 한다. 부부가 건강하게 일상을 사랑을 나누며 함께 살아가기도 쉽지 않다는 생각에 더욱 고마운 마음이 든다.

다음 주말에는 신원사를 거쳐 계룡산을 등산하기로 하였다. 가장 쉬운 등산길이라는 할아버지의 정보를 따라서 결정하였다. 집사람과 매주 명산인 계룡산 산행을 하기로 했다. 첫출발이 좋아서 앞으로도 계속해서 산을 찾을 것 같다.

자연은 항상 인간에게 새로운 교훈을 주고 부족함을 채워 주는 넉넉함이 있어 감사하다. (2009. 8. 23).

21. 신원사 뒷산 길

지난 주말에 이어 두 번째로 아내와 계룡산에 오르기로 했다. 오늘 코스는 지난 주말 금잔디고개에서 만나 정보를 들은 할아버지 의견을 좇아 신원사에서 연천봉 – 삼불봉 – 금잔디고개 – 남매탑 – 동학사 코스이다.

아침 6시에 일어나는 부지런을 떨었다. 일찍 일어나는 새가 벌레를 잡는다고 한다. 하루의 할 일을 아침부터 서두르면 하루를 알차게 보낼 수 있다. 시간의 효용성을 높일 수 있기 때문이다. 아내와 단둘이서 하는 아침식사가 감사하다.

9시에 공주행 시내버스를 타고 운무에 뒤덮인 금강 길을 휘감아 공주를 향했다. 백제의 영광과 흥망의 숨결이 깃든 금강을 지날 때마다 역사의 덧없음을 느끼게 된다. 세월을 뒤로한 채 흐르고 있는 금강은 지난 비극의 백제 역사를 노래하는 것 같았다.

강을 내려다볼 수 있는 산중턱에 있는 몇 채의 집이 퍽이나 아름다워 보인다. 버스로 한 시간을 달려 신원사에 다다랐다. 망우초 향기가 은은하게 퍼지는 신원사 길을 지나 잠시 절 경내를 돌아봤다.

사람도 망우초 향기처럼 속내를 잘 드러내지 않고 은은하게 향기를 풍기면서 살아가는 사람이 좋다. 모든 사람들로부터 호감을 사며 결코 앞에 나서기를 즐겨 하지 않고 뒤에서 돌봐주고 기원하는 겸손한 사람 말이다.

모르면서도 아는 척하고 없으면서도 있는 척하는 허세와 위선은 이웃을 피로하게 만든다. 이런 사람은 사찰을 찾아 자신의 진실을 되돌아보는 시간을 갖는 것도 좋을 것 같다. 가끔 가는 사찰이지만 모든 중생의 수양처같이 느껴진다. 신원사는 갑사, 동학사와 함께 계룡산을 대표하는 사찰이다.

정갈하고 조용한 분위기가 산승의 도량처로 제일인 것 같다. 금강문에서 대웅전에 이르는 길은 산사의 고즈넉한 분위기를 자아내며 대웅전 앞 공간도 깔끔하게 정리돼 있다. 신원사 동쪽에 위치한 중악단은 다른 사찰에서 볼 수 없는 곳이다.

조선 태조 3년에 창건된 것으로 나라에서 제사를 지냈던 산신각이다. 효종 때 철거됐다가 고종 16년에 명성황후가 다시 건립해 오늘에 이르고 있다. 궁궐 양식을 그대로 축소해 만든 왕실 산신제단으로 그 가치가 높아 지난 1999년 보물 제1293호로 지정되어 있다.

중악단의 아름답고 다양한 벽화는 미술사적 가치가 높다. 건물 외부에 그려진 외벽화들은 대부분 채색의 빛바랜 현상이 심해 형태를 뚜렷하게 알 수 없다.

세월의 흐름을 막을 수 없고 퇴색되는 벽화를 보전하는 데 한계가 있다. 내부에 그려진 벽화들은 보존 상태가 매우 좋은 편이다. 포벽화는 진한 초록색인 양록을 바탕으로 먹선을 이용해 산수도와 옛 인물도를 그렸다.

수사슴을 탄 청오공도를 제외한 모든 비천도는 배경을 생략한 채 인물의 움직임만 표현한 것이다. 탑 앞에 정성스레 불전을 놓고 두 손에는 염주를 두른 삼십대 아주머니가 한 발짝 한 발짝 발을 옮기며 간절한 소망을 비는 것 같았다.

사람마다 갖가지 소망과 번민이 있기 마련이며 이때마다 인간의 힘으로 어찌할 수 없을 때에는 종교에 의지하게 된다. 그래서 종교의 힘은 위대한 것 같다.

신원사 주변에는 암자가 다섯 곳 정도가 있다. 암자마다 스님들이 불도를 닦거나 학승들이 경전을 외운다. 며칠 전 내린 비 덕분에 계곡물이 소리 내어 흘러내린다. 걷기 좋은 편안한 등산길이다. 지난 주말 금잔디고개에서 만난 할아버지가 혹시 지나갈까 살펴본다. 인간의 인연은 이래서 아름다운가 보다.

옷깃만 스쳐도 영겁의 인연이 있다는 불가의 인연설은 흥미롭다. 비교적 흙이 많고 돌이 적은 경사도가 낮은 길이다. 30분을 걸으니 땀이 난다. 바위에 걸터앉아 물 한 모금으로 목을 축인다. 목마름을 격어 보지 않은 사람이 어찌 목마름을 알 수 있겠는가.

사람의 삶에 타인지향적인 자세를 갖고 살아가는 것은 지혜로움이다. 나는 집사람과 고행길을 걸어가듯 다시 걷기 시작했다. 산 오르기가 힘이 들어 자꾸 쉬어 가려 하고 물을 마신다. 정상에 오를 때 느끼는 쾌감과 하산 후 느끼는 기쁨 때문에 계속 산을 오르나 보다.

키가 훤칠한 40대처럼 보이는 한복을 입고 검은 수염을 기른 사람이 어깨에 가벼운 도시락 같은 짐을 메고 흰 고무신을 신은 채 성큼성큼 걸으면서 내 앞을 지나간다. 30분쯤 지나자 어디를 갔다 왔는지 되돌아와서 하산한다.

수많은 사람이 갖가지 사연을 안고 산을 찾으나 산은 모든 것을 품에 안고 감싸 안으며 사연을 들어주고 달래 주는 것 같다. 내가 자꾸 쉬니까 집사람이 요즘 밥을 적게 먹어 힘이 없는 것 같다며 오진을 한다.

다이어트의 필요성을 느껴 아침밥을 반으로 줄였기 때문이다. 등산은 할 때마다 힘들고 정상에 오를 때에 느끼는 쾌감과 상쾌함은 항상 새롭다. 정상에서 굽어보는 산 아래 풍경이 아름답다. 그래서 사람들이 산을 오르게 되나 보다. 연천봉 옆구리에 이르니 시원한 바람이 스쳐 간다.

바람이 지나가는 골목길 같아서 시원하기 이를 데 없다. 연천봉 산허리를 돌아 봉우리 정상에 있는 정자에 이르렀다. 가득 싸 가져온 음식에 등산객들의 입이 즐겁다. 캔 맥주와 막걸리를 한잔 나눈다.

과일이며 간식거리가 넉넉하며 입은 등산복이 값이 나가 보인다. 아마 우리 경제가 여유가 있기 때문인가 보다. 언제 보아도 삼불봉 아래서 바라보는 계룡산은 웅장하고 아름답다. 산자락 아래에 늘어선 동학사의 자태가 웅장하다. 기암절벽과 잘 어우러진 소나무가 신기하게 잘 자라난다. 바위틈에 자라나는 소나무가 굽은 것은 마음껏 햇빛을 받기 위해서 가지를 자유롭게 뻗을 수 있기 때문이다. 청소년도 저마다 다양한 가지를 뻗을 수 있도록 자율성과 개성을 존중해 주어야 한다.

오늘도 이렇게 5시간 정도를 산행하였다. 집에 오는 길에 아내의 의견에 따라서 마트에 들렀다. 복숭아, 사과, 포도가 잘 익은 맛을 자랑하고 있다. 각각 한 상자씩 세 상자를 사서 집으로 배달을 부탁했다.

오늘 저녁은 과일을 먹기로 했다. 여기에다 검은깨로 만든 인절미를 곁들였다. 검은깨는 중국산이고 찹쌀은 국산이라고 표기가 되었다. 글로벌 시대의 먹을거리도 국경을 넘은 지 오래지만 맛있는 우리 농민이 지은 흑호마가 있었으면 하는 아쉬운 생각이 든다.

다음 날 약간의 근육통이 있었으나 견딜 만하다. 사람의 몸은 사용할수록 발달되고 적응하기 마련이다.

앞으로도 이어질 부부간의 산행이 더욱 즐겁고 아름다운 시간이 되길 바란다. (2009. 8. 30).

22. 성숙의 시간을

　아침저녁으로 불어오는 소슬바람은 새벽이면 이불을 덮게 한다. 자연의 손짓에 답해야 하는 이치를 따라감이 재미있다. 감히 자연을 역류하면서 살려는 인간의 탐욕을 생각하게 해 준다.

　태양이 작열하던 여름은 가고 어느덧 가을이 오고 있음을 새벽은 알린다. 자연의 순리를 좇는 시간의 덧없음을 절감한다. 무더운 여름날이 있기에 오늘의 시원함을 느낄 수 있다.

　학창시절 잠을 쫓으며 열심히 공부한 사람은 사회와 여러 사람을 위해 당당한 위치에서 일하고 있음을 젊은이는 일찍 자각해야 한다. 땀 흘려 노력하지 않으면 결실을 기대할 수 없듯이 인생의 결실인 업적을 위해서 열심히 살아가야 한다.

　학자는 연구를 위해서 밤을 지새우고 시민운동가는 밤새워 토론하고 몸을 던지면서 봉사하는 삶을 살아가야 한다. 농부는 풍년을 향해 불철주야 땀 흘리며 일해야 한다. 각자의 위치에서 최선을 다하는 모습이 아름답고 소중하다. 땡볕 아래서 논밭을 휘저으며 김을 매고 거름을 주어 정성껏 가꿔 온 작물이 하나둘 열매를 맺을 준비에 바쁘다.

마치 밤새워 익히고 배운 문제가 시험에 나올 때의 기쁨처럼 익어 가는 작물에서 희열을 느끼게 한다. 만물의 성숙은 결실을 의미하듯 사람은 미래를 생각하고 후손을 생각하여야 한다. 일상생활을 자력으로 영위하지 못하고 빚을 얻거나 남에게 신세를 지는 것이 가불인생이다.

가불인생이 되지 않기 위해서 각별한 노력을 하여 적덕을 쌓고 훌륭한 업적을 남겨야 한다. 후손에게 남기고 물려줄 수 있는 유산 만들기에 많은 시간과 정성을 쏟아야 한다. 인간은 생을 마감할 때에 어떤 일을 하였나를 생각하며 후회 없는 삶을 살아가야 한다. 이 세상 살면서 정말로 행복했고 보람 있었다고 떳떳이 말할 수 있어야 한다.

최선을 다해 노력하고 사랑하는 아름다운 과정을 중시하면서 말이다. 땀 흘린 만큼 보상이 주어지고 사랑한 만큼 행복해지는 우리 사회는 정말로 살맛 난다. 이웃과 사랑을 나눌 수 있고 이야기를 나눌 수 있는 것이 얼마나 감사한 일인지 깨달아야 한다. 가을이 오면 오곡백과가 익어서 추수를 하기 마련이다. 비단 곡식뿐만 아니라 추수하는 모든 것은 소중하지 않은 것이 없다.

풍성한 수확은 넉넉한 인심을 자아내고 여유를 노래하게 만든다. 코스모스 까만 씨는 물론이며 들풀의 작은 씨앗마저도 귀하게 보인다. 사람들로부터 외면받고 홀대받으며 뽑히고 밟혀도 이듬해에 다시 새싹을 키워 가는 잡초의 질긴 생명력도 가을날에 여물어 가는 씨앗이 있기 때문이다. 찌는 여름날 아스팔트를 뚫고 고개를 내미는 잔디의 억센 생명은 절로 감탄을 자아낸다.

질긴 잔디도 가을이 오면 잎을 바래고 겨울이면 숨을 죽이며 새봄이 오면 다시 새싹을 키워 간다. 자연의 섭리는 변함이 없지만 사람의 여정은 매일매일 발전되고 변화된 시간이 되어야 한다. 사회 진화는 사람의 노력에 의해서 이루어진다.

진화를 가로막는 퇴보하는 삶은 곤란하다. 인정과 사랑이 넘치고 풍요와 나눔의 미덕이 충만한 세상을 만들어 가는 일에 앞장서야 하는 이유다. 사람도 가을이 오면 얼마나 성숙했으며 무엇을 수확할 수 있나 한 번쯤 생각해 봐야 한다. 연초에 세운 계획을 얼마나 달성했으며 모자란 부분과 이유는 무엇인가를 찾아야 한다.

긴 1년을 자신과 사회를 위해서 얼마나 성실하게 열심히 살았는가를 평가하여야 한다. 자신을 위한 생활이 남과 사회를 위한 삶이었다면 멋있게 생활한 것이다. 사람이 항상 타인지향적인 사고를 갖고 실천해 가는 것 이상 더 소중한 것은 없다. 남을 위해서 자신은 얼마나 헌신했고 기여했는가를 자성해 보아야 한다. 넘치는 곳은 줄이고 부족한 곳은 채우려는 마음을 갖고 노력하여야 한다.

공평하고 균형 있는 가치 구현은 아름다운 세상을 만들어 갈 수 있는 무기가 된다. 성숙은 한 과정을 매듭짓는 것과 같다. 한 매듭이 끝나면 다시 다른 매듭을 만들어 가는 삶의 과정은 반드시 아름답고 가치가 있어야 한다. 무가치하거나 슬픈 일도 시간이 지나가면 그리워지고 아름다워질 수 있겠지만 이것과는 다른 것이다. 아름답고 가치 있는 성숙을 위해서 부단한 노력을 기울여야 한다.

아름다운 이 가을날 나는 얼마나 성숙되어 있는가를 곰곰이 생각해 보아야겠다. 사물을 바라보고 사회를 향한 마음과 자세가 중요하다. 항상 긍정적이고 감사한 마음으로 존재가치에 대한 기준을 삼아야 한다.

식자우환이니 성숙이 낳는 비극이라는 말도 있지만 더 크고 넓은 세계의 진입을 위해서도 성숙하도록 노력해야 한다. 지혜를 습득하는 일이나 새로운 세계를 체험하는 일도 성숙을 위한 다른 방법이 될 것이다.

성숙한 것은 다른 사람과 또 다른 성숙을 위해서 밑거름이 되어야 할 것이다. 끊임없는 성숙을 위해서 사색의 가을날이 되었으면 한다. 인간이 함께 나누고 사랑하는 참된 성숙은 우리 사회를 진화시키고 행복하게 해 줄 수 있다. (2009. 9. 10).

23. 돌돌이는 가고

　우리 집 돌돌이가 시름시름 일주일을 앓다가 하늘나라로 가 버렸다. 사람이나 애완동물이나 정이 들면 이별은 아쉽고 안타깝긴 매한가지다. 영원히 만날 수 없는 헤어짐이기에 더욱 아쉽다. 집에 돌아오니 돌돌이가 보이지 않기에 집사람에게 물어보니 하늘나라로 갔다고 한다.

　고통스러워하지 않고 편안하게 눈을 감아 뒷산인 도솔산에 묻어 주었다고 한다. 항상 살갑게 사람을 따르던 돌돌이다. 낯선 사람이 오면 앙칼지게 짖어 댄다. 폐지를 줍는 할머니가 뜰에 내놓은 신문지를 가져가면 더욱 짖어 댄다.

　집안사람은 용케 알아보고 꼬리를 흔든다. 가끔 집에 오는 동생이나 조카를 보면 꼬리를 흔드는 현명함이 넘쳐나는 돌돌이다. 죽음을 며칠 앞두고는 힘이 없는지 짖지도 않고 꼬리도 흔들지 않는다. 아마 기진맥진한 것 같다.

　다만 머리를 쓰다듬어 달라고 고개를 길게 내려 뺄 뿐이다. 평소 오지 않던 이웃집개들이 문병을 오듯 수없이 들랑거렸다. 아마 개들도 죽음을 감지하고 문병을 온 것 같다. 문병이라야 겨우 돌돌이 주위를 맴돌거나 쳐다보는 것이 전부지만 개들도 죽음을 슬퍼하는 것 같다.

돌돌이가 죽자 다시는 이웃집개들의 모습을 볼 수 없었다. 돌돌이는 우리 집에서 3대째 살아온 애완견이다. 첫 번째는 3년을 같이 살았는데 어느 날 도로에서 달려오는 자동차에 치여 죽었다. 마침 암컷이어서 죽기 전에 새끼를 여러 마리 낳아서 대를 잇게 되었다. 한 마리를 남기고 나머지 다섯 마리의 귀여운 강아지를 이웃 사람들에게 나누어 주었다.

두 번째도 암컷이어서 다시 새끼를 낳았다. 종족을 번식하고 대를 이어 가는 아름다운 원리를 생각하게 해 주었다. 2대인 돌돌이 어미는 멘스를 흘리고 다녀서 관리하기가 힘들어 암놈은 다 나누어 주고 3대인 수컷 돌돌이를 기르게 되었다.

죽은 돌돌이는 3대째 이름은 같았으나 살아온 시간은 달랐다. 때로는 주인도 모르고 짖어 대거나 지나가는 사람들, 보름달을 보고 짖기도 하여 이웃의 항의를 받기도 하였다.

어린아이가 지나가면 신이 나서 더욱 짖어 댄다. 아이는 무서워 울면서 기겁을 하고 달아난다. 돌돌이는 개선장군이나 된 것처럼 힘차게 꼬리를 흔들며 다가온다. 그때마다 신발장이 있는 현관 안으로 들여놓아 가두기도 했다. 내 차의 소리까지도 구분하여 차에서 내리면 꼬리를 흔들어 대는 현명한 개였다. 소리의 분별력이 그날 기분에 따라서 달라지는 것 같았다.

돌돌이는 집에서 사방 1㎞를 매일 휘젓고 다녔다. 어떻게 보면 부지런한 천방지축이었다. 먹이가 떨어지면 집사람을 보고 앙칼지게 짖어 댄다. 빨리 먹을 것을 달라는 외침이었다. 우리 식구는 돌돌이와 많은 추억을 간직하고 있다.

한번은 술 취한 사람이 돌돌이가 짖어 대니 왜 짖느냐면서 상소
리를 하면서 개와 싸우는 것이다. 참다못해 경찰에 신고를 하니 경
찰의 말이 개와 싸우는 사람을 우리 경찰인들이 어떻게 하겠느냐
며 양해를 구했다. 그럴듯한 말이나 사회규범상으로 볼 때에 경찰
관은 분명히 직무를 유기하고 있는 것이다.

문제로 삼자니 복잡해질 것 같아 덮어 두기로 했다. 집안 식구를
볼 때마다 머리를 쑥 내밀면서 쓰다듬어 주기를 바라는 돌돌이를
손 닦기가 귀찮아서 외면한 것이 마음에 걸린다. 이렇게 일찍 갈
줄 알았으면 실컷 만져 줄 것을 아쉬운 마음이 든다.

부모에 대한 효도나 정든 사람에 대한 살가운 대접이나 모두 떠
나기 전에 정성껏 베풀어야 한다.

야생고양이가 집 안을 어슬렁거리며 앙칼지게 울어 댄다. 야생고
양이는 사람을 보고도 피하지 않는다. 몽둥이나 무기를 들고 있을
때만 피한다. 어느 날 고양이가 집 뒤뜰에서 돌돌이와 싸움이 벌어
졌다. 고양이의 날카로운 발톱이 돌돌이의 눈가를 찔러서 피가 흘
렀다. 돌돌이는 죽는 소리를 내면서 내게로 와서 숨는다.

집에 있을 때면 친구처럼 돌돌이와 시간을 보냈다. 옥상에서 화
분에 물을 주고 있는데 돌돌이가 달려오는 것 같아 뒤를 돌아보았
다. 물론 돌돌이는 보이지 않았다. 돌돌이의 영혼이 찾아와서 사람
의 육감으로 느낄 수 있었다.

나는 조용히 돌돌이를 위해서 기도를 한다. 다시 태어날 때는 더
예쁘고 귀엽게 태어나서 많은 사람들에게 사랑과 귀여움을 독차지
하라고. 하찮은 강아지도 시간이 지나가니 정이 드는데 부부간, 부

자간, 동기간은 얼마나 깊은 정이 들까.

형제와 식구들은 혈육으로 맺어진 원초적인 관계 속에 오랜 시간을 함께했으니 오죽하겠는가. 성경에도 말씀하듯이 형제간에 우애를 키워서 사이좋게 지내야 한다. 형제간의 싸움과 저주는 지옥에 가게 된다.

우애 깊은 관계를 유지하면서 서로 존경하고 사랑하며 아끼는 삶이 소중하다. 형제간의 우애는 삼강오륜이나 유교적 교육가치뿐만 아니라 인간의 윤리적 근본이다. 인간과 개와의 관계만큼도 못한 많은 사람들을 생각하니 소름이 끼칠 것 같다.

얼마간은 집이 허전하고 돌돌이 생각이 날 것 같다. 지금은 돌돌이에게 어떤 것도 해 줄 수 없기에 더 아쉬움이 스며든다. "돌돌아 천국에서 정다운 노래를 불러다오." 마음속으로 내 마음을 전하고 싶다. (2009. 9. 16).

24. 추석 성묘길

　남들은 추석이면 교통체증으로 일고여덟 시간을 고생하면서 고향을 찾는다. 오죽하면 귀성전쟁이란 말이 나왔겠는가. 일반적으로 고향 하면 변하지 않는 산천과 이웃이 있는 농촌 마을을 연상하게 된다. 그러나 나는 고향이 대전이고 선산이 보문산 뒷산이어서 명절날이라고 특별한 기분이 나지 않고 이동할 때 교통체증을 걱정해 본 적이 없다.

　형제들 역시 대전에 거주하여 쉽게 한집안에서 모일 수 있다. 그래도 큰형 집에는 형수와 제수씨들이 모여서 음식을 만들며 이야기를 나눈다.

　조카들이 모여서 이런저런 이야기를 나누며 컴퓨터 게임에 정신이 없다. 차례를 지낸 후 선산으로 성묘를 간다. 지금은 2차선으로 임도가 개설되어 승용차로 묘역까지 20분 정도 걸린다. 삼십 년 전에는 동구 밖 도로까지 족히 두 시간은 걸어야 했다. 산허리 바위에서 쉬어 가던 아버지 모습이 생각난다.

　칠남매를 앞세우고 성묘길을 찾는 아버지는 항상 개선장군처럼 흐뭇해하시고 자랑스러워하셨다. 아버지 생존 시에는 벌초도 자손들이 하도록 하였다. 조상을 섬기는 일을 남에게 맡길 수 없다는 이유에서다. 이제 형제들도 다 오십이 넘어 벌초하기에 힘이 부쳐서 사람을 얻어서 벌초를 한다.

농촌에는 젊은이가 없어서 올해는 칠십이 된 노인을 일꾼으로 얻었다. 일하는 요령을 터득하고 오랫동안 일을 해서 아주 쉽게 묘역의 잔디와 잡초를 말끔히 깎아 간다. 일하는 노인은 삼형제인데 자신이 막내라서 위로 두 형님이 벌초를 하는 일을 제외시켜 줘서 일하러 왔다고 한다.

사람은 나이를 먹어도 항상 동생은 어려 보이는가 보다. 노인이 앞장을 서고 막내 동생과 다섯째, 여섯째 동생이 제초기로 풀을 깎고 위의 형제들은 깎은 풀을 모아서 버리거나 주변 나무를 자르는 것이 고작이다.

각기 다른 역할을 하며 나름대로 땀방울을 흘렸다. 점심때가 되어 각자 준비한 도시락을 한데 모으니 풍성한 뷔페식 식단이 된다. 어릴 때에는 어머니가 만들어 준 음식을 같이 먹었으나 지금은 각기 다른 솜씨로 음식을 한 다른 가정에서 만든 음식을 함께 먹는다.

묘한 기분이 들며 맛이 달라 별미가 되었다. 보문산 뒷산의 무수리에 있는 선산에는 다섯 기의 묘소가 있다. 부모님과 할머니는 또렷하게 생각이 나고 얼굴이 그려지지만 증조할아버지와 할아버지는 생전에 본 적이 없다.

그저 상징적으로 그리면서 추모할 뿐이다. 첫 산길에 할머니와 할아버지의 묘소가 있다. 묘 아래는 내가 대학 1학년생이었던 1970년 3월에 심은 잣나무가 아름드리로 커 가고 있다. 잣나무 열 그루를 구입해 집 정원에 심었던 것을 산에 옮겨 심었는데 다 죽고 한 그루만이 살아서 거목이 된 것이다.

매년 커 가는 잣나무를 보고 세월의 변화를 실감할 수 있다. 일 년 사철 푸르른 잣나무처럼 일상을 자신 있고 건강하게 살아야 한다는 생각을 해 본다. 잣나무 아래는 아버지께서 묘답으로 논을 사서 산지기에게 벼를 재배하도록 하였으나 지금은 방치되어 나무와 풀이 우거져 산이 되어 버렸다.

묘소 주변에 아버지께서 10년생 은행나무 열 그루를 심었는데 지금은 세 그루만 남아 있다. 이도 칡넝쿨이 감고 올라와 제대로 성장하지 못하고 있다. 옛날에는 성묘시간이 서너 시간 걸리던 것이 이제는 한 시간이면 족하다. 승용차로 이동과 빨라진 의례 덕분이다.

선산 묘소 아래에 있는 옛날 산지기묘도 이제 후손이 잘돼서 살 만하니 묘역을 키우고 비석을 세워 놓고 후손들이 성묘를 온다. 아마 그 사람이 지금 살아 있으면 얼마나 기뻐할까를 상상해 본다. 반상의 계급사회에서 고통받던 민중의 한이 사라진 지 얼마 안 되는 우리의 역사다.

자신의 노력과 능력에 따라서 무슨 일이든 성취할 수 있는 우리 사회에 대하여 감사할 줄 알아야 한다. 성묘 길가에 코스모스 꽃길을 만들면 한층 가을 정취가 날 것 같다. 예전엔 산길에 코스모스가 애처롭고 가냘프게 피어서 가을 정취를 더해 주었는데 도로를 넓히면서 씨앗이 소멸된 것 같다.

코스모스 없는 산길은 가을 기분이 잘 나지 않는다. 코스모스는 없어도 추석 성묘길이 쓸쓸하고 허전하지 않은 것은 아름다운 산천의 변하는 모습이 보기 좋기 때문이다. 우리 주변을 둘러보면 할 일이 태산 같고 삶의 질과 가치를 상승시켜 줄 일이 너무 많다. 아름다운 자연을 감상하고 사색하고 가꾸는 일이며 잊고 지내던 소중한 사람을 찾아 안부를 전하고 정담을 나누는 일이 그러할 거다. 더 많은 시간이 가기 전에 할 수 있는 일을 다 하는 것이 행복한 삶인 것 같다.

성묘를 마치고 큰형 집에 모여 점심을 먹는다. 그래도 조카들이 신이 나서 점심을 맛있게 먹으며 즐거워하는 모습을 보니 흐뭇하다. 이들은 훗날 선산을 찾지 않을지도 모르지만 지금처럼 관심을 갖지 않을 것 같다.

후일은 산 자들의 몫이라지만 부담을 주지 않기 위해서는 화장을 하는 것이 좋을 듯하다. 여자들이 음식 만들기와 뒷정리를 다 하는 모습에 미안한 생각이 든다. 설거지는 남자들이 했으면 하는데 습관이 안 돼서 그런지 손이 가지 않는다.

옆집에는 삼남매를 둔 건강한 두 노인이 사는데 명절이면 전날부터 아들, 딸, 손자들이 떠들썩하여 모처럼 사람 사는 냄새를 풍긴다. 평소에는 두 노인들이 조용히 아침 등산을 하거나 조그만 정원을 가꾸는 일이 전부다.

애들 울음소리가 들리고 개 짖는 소리, 음매 하는 송아지 찾는 소리, 닭 홰치는 소리가 정겨운 농촌의 풍경은 상상 속에서나 느껴본다. 명절날 느끼는 고향은 삶의 꿈과 흔적이 묻어 있는 의구한 산천이 있어야 제맛이 나는 것 같다.

나도 퇴직 후 시골에 들어가 전원생활을 하면서 손자들이 아들과 함께 와서 추억을 만들 수 있을 거라고 생각하며 내일을 만들어 가고 싶어진다. 인간은 자연 속에서 왔기에 자연이 그립고 그 속으로 돌아가고 싶어 하는지 모른다. (2009. 10. 3).

25. 도토리와 은행을 주우며

　매주 주말이면 계룡산을 찾는다. 그 많은 봉우리 중에 겨우 해발 7백 미터의 삼불봉을 오르는 것이 고작이다. 조금 욕심을 내면 관음봉까지 오른다.

　오를 때 힘들고 어려워도 자꾸 산을 찾게 되는 것은 정상에서 만끽하는 희열과 가뿐한 몸 때문이다. 지금은 남매탑까지는 한 번도 쉬지 않고 걷지만 70년대 팔팔하던 대학생시절에는 쉬고 또 쉬고를 반복하면서 올랐던 생각이 난다.

　사람의 몸은 적당히 사용하면 모든 근육이 강화되어 건강을 지킬 수 있다. 풍년 든 들녘을 감상하며 산길을 오르는 기분이 상쾌하고 마음이 풍요롭다. 아직 단풍은 들지 않았지만 가끔 때 이르게 붉게 물들인 나무가 한두 그루 산중턱 바위 옆에 서 있다. 성장상태가 나쁘든지 품종이 이르든지 이유가 있겠지만 군계일학처럼 튀어 보이고 단풍이 아름다워 보인다.

　자연도 차별이 있고 가끔은 질서를 어기는 것 같다는 생각이 든다. 도시의 느티나무 가로수가 가을이 지나도 붉은 단풍이 들지 못하고 푸른 잎을 지닌 채 시들어 가는 모습을 가끔 본다. 마치 죽어도 썩지 못하는 미라처럼.

자연의 순리처럼 시간이 지나가고 오는 것이 이치가 아닌가. 계룡산은 나에게 언제나 고맙고 정겨운 산이다. 앙상한 가지에 흰 눈이 내리던 산길을 오르던 일, 푸른 풀밭을 걷던 일이 엊그제 같은데 벌써 가을이 오고 있으니 참으로 시간이 빠르게 흘러간다.

집사람과 삼불봉을 오르기로 일정을 정하고 걷기 시작했다. 오가면서 사람들이 길가에서 실물을 찾듯 숲속에서 도토리와 알밤을 줍는다. 뾰족한 적갈색 작은 도토리 알이 귀엽다. 산속의 다람쥐처럼 갖고 싶은 마음이 절로 생긴다. 사람도 평생을 어린아이처럼 귀엽고 청순하게 살아갈 수는 없는 것일까. 작고 어린 것이 예쁜 것은 꾸밈이 없고 자연스러워서다.

집사람도 재미 삼아 도토리를 줍는다. 왜 줍느냐고 물으니 윗집 할머니 주려고 한단다. 윗집 할머니는 아침저녁으로 산을 오르며 도토리를 주워 묵을 만든다. 항상 우리 집에도 서너 모씩 갖다 준다. 손이 큰 윗집 할머니는 부지런하고 건강하다.

노부부의 금실 좋은 모습을 우리도 닮아 가야겠다고 마음먹는다. 사람은 늙어 갈수록 부부간에 정이 쌓여 애틋해지는 것 같다. 집사람이 산까지 올라와 윗집 할머니 묵 만드는 도토리까지 생각하니 마음씨가 고와 보인다. 어떤 사람은 다람쥐 겨울 먹이라면서 줍지 말라고 부탁한다.

지천으로 널려 있는 도토리는 다람쥐가 겨우내 먹고도 남는다면서 외면해 버리는 사람이 많다. 분명한 것은 자연 상태로 놔두는 것이 바람직하다. 집사람은 재미있다며 자꾸 줍는다. 반 되 정도 주운 것 같다.

등정을 마치고 내려오는데 입구에서 국립공원 직원이 배낭을 검사한다기에 주운 도토리를 다시 산에 쏟아놓았다. 입구 초소에는 도토리를 검사하는 직원이 없었다. 아마 어떤 사람이 산에서 도토리를 주워 가는 것이 마땅찮아서 퍼뜨린 소문 같다.

당초 불필요한 일은 안 했으면 좋았을 터인데. 그러나 집사람은 줍는 기쁨을 만끽해서 좋았다며 흐뭇해한다. 계룡산을 내려온 후 버스로 집을 향했다.

버스에서 내리자 가로수 은행나무가 풍년을 자랑하듯 열매를 떨어뜨린다. 요 며칠 집사람과 함께 가로수 은행나무에서 떨어진 은행을 주웠다. 도로변에 심겨진 이삼십 년생 은행나무에 제법 은행이 많이 열린다. 초등학교 2학년쯤 되던 해였다. 작은할아버지 집에 수백 년 된 커다란 은행나무가 한 그루가 있었다. 가을이면 잘 익은 은행이 앞마당에 떨어진다.

그것을 주워 우물가에서 깨끗하게 닦아서 보관하다가 눈 내리는 겨울이 오면 화로에 구워 먹던 생각이 난다. 옛날에는 은행을 곱게 물들여서 환갑 잔칫상에 올렸던 귀한 대접을 받았다. 한 자 정도의 높이로 빨강, 노랑, 분홍색으로 물들인 은행을 쌓아서 잔칫상 위에 놓았다. 그때는 참 보기 좋았고 신기했다.

몇 십 년 된 은행나무 한 그루면 아들을 대학까지 보냈다는 소중한 나무다. 지금은 값싼 중국산 은행이 수입되어 천덕꾸러기가 되어 떨어진 은행을 줍는 사람은 옛 추억을 생각하며 줍는 노인들이 간혹 있을 뿐이다.

은행잎은 미끄러워 보행자가 다칠 위험이 있어 청소부 아저씨가 부지런히 빗질을 한다. 요즈음 은행잎의 쓰임새가 늘어나고 있다.

한류 열풍을 타고 방한하는 일본 관광객을 위해서 강남의 은행잎을 모아 남이섬으로 보낸다.

잎 육이 두터워서 잘 타지 않기 때문에 소각하지 않고 퇴비로 썩혀서 이용하기도 한다. 50년대 말 내가 초등학교시절 노란 미루나무와 은행나무 잎을 주워서 책갈피에 꽂아 두고 보물이나 되는 듯 아꼈던 일이 생각난다.

그때는 자연의 한 조각 한 조각이 모두 신기하고 소중했다. 요리를 잘하는 집사람은 은행을 몇 톨 주워 와서 밥과 반찬에 넣어 입맛을 돋워 준다. 아침 일찍 계룡산을 등산하고 버스에서 내리니 가로수 은행나무에서 떨어진 작은 은행이 도로 가에 수북하다. 나와 집사람이 떨어진 은행을 주웠다.

양파를 담은 망에다 담아서 땅에 묻어 두었다가 5일 후에 꺼내면 껍질이 썩어서 은행을 씻기만 하면 된단다. 이웃 할머니가 생활 속에서 터득한 지혜다.

은행이 조금만 경제가치가 있었으면 기계로 손쉽게 껍질을 벗기는 도구를 만들었을 거라고 생각해 본다. 사람이나 물건이나 귀하여야 대접을 받게 된다. 흔해진 은행에 연민의 정을 느껴본다. (2009. 10. 5).

26. 갑천 산책길

대전은 도심을 흐르는 3대 하천이 있어 시민들의 사랑을 받고 있다. 덕분에 자연의 혜택을 톡톡히 누리며 행복하게 살 수 있어 고맙다.

153만 대전 시민들이 쉽게 찾을 수 있고 여유 있는 공간과 풍부한 수량은 더없이 좋은 휴식공간으로 기능을 다하기에 충분하다. 사방이 산으로 둘러싸여 있고 풍수해가 없는 대전은 정말로 축복받은 도시다. 자연환경만큼이나 사람들이 유순하고 여유롭게 살아간다. 1993년 8월 7일부터 93일간 개최된 대전엑스포 때에는 갑천에서의 수상 영상공연은 많은 감동을 주었다.

대전엑스포가 성공을 한 것도 갑천이 단단히 한몫했다. 고맙고 사랑스런 소중한 갑천이다. 나는 시간이 날 때마다 갑천변 잔디밭 걷기를 좋아한다. 라보댐을 막아 항상 넉넉한 물이 넘쳐나고 물고기 뛰노는 모습이 재미를 더해 준다. 비늘을 반짝이며 붕어와 잉어가 뛰어오르는 모습은 저녁노을과 잘 어울린다.

푸른 잔디 위에서 운동을 하는 시민들의 모습엔 활기가 넘쳐흐르고 꿈이 있어 보인다. 시민의 건강을 지켜 주고 부부간의 정을 돈독히 해 주며 청소년에게 꿈을 심어 주는 갑천이다. 겨울이면 갑천 상

류에서 유유히 내려오는 원앙새의 화려한 모습도 볼 수 있다. 오색
창연한 깃털과 작은 몸짓이 너무 귀엽고 사랑스럽다.

아직 생태계가 건강하게 살아 숨 쉬는 곳이다. 깨끗한 자연을 보호
하고 지키는 일에 더 많은 관심이 필요하다. 갑천은 내가 어렸을 때
에 고향인 도마동에서 유성으로 목욕 다닐 때에 건너야 했던 시냇물
이다. 파랗고 맑은 물속에는 중고기와 파래미가 노닐고 수초가 파랗
게 자라나고 있으며 깊이는 2미터 정도 되었다.

물이 어찌나 맑고 깨끗한지 바라보면 눈이 부시고 바닥의 고운 모
래가 선명하게 보였다. 금모래가 깔려 있는 주변이 눈부시도록 아름
다웠다. 고교시절에는 갑천을 바라보고 천변에서 웅변연습을 하였다.
여고생인 후배와 같이 흐르는 갑천을 청중 삼아 소리 높여 부르짖던
시간이 잠자는 곳이기도 하다.

4월의 푸른 잔디 언덕길을 걸으면서 서로 장단점을 말해 주었던
시간이 머물고 있다. 이런저런 추억이 서린 갑천이다. 최근에는 산책
길로 또는 커피 마시는 곳으로 가끔 찾는 곳이 됐다.

여름철에 오고서 처음 찾아왔더니 그동안 갑천이 몰라보게 변했다.
포장마차가 즐비하던 언덕은 말끔하게 정리가 되어 나무로 산책로를
만들고 네덜란드형 풍차와 바람개비가 정취를 더하며 돌아가고 있다.
숲속의 요정들의 궁전처럼 아름답게 곡선형으로 만든 화장실은 가 보
고 싶은 공간으로 세워졌다.

신은 직선을 창조하고 인간은 곡선을 창조했듯이 예술적 감각을
느끼게 하여 많은 시민에게 기쁨을 더해 준다. 이런 환경을 이용하다
보면 자연스럽게 동화를 구상하여 작품을 쓸 수 있을 것 같다. 선진
국 어느 곳을 가도 이보다 더 아름답고 깨끗한 화장실은 없다.

우리나라 국민들 삶의 질을 몇 년 사이 높여 준 기분이 든다. 옥에 티인 듯 아직도 갑천에 휴지를 버려 광고지가 물 위에 떠 있다. 누가 버렸나 한심한 일이다. 아름다움이나 청결함은 모두가 함께 가꿀 때에 가능해진다.

공공시설을 자신의 집보다 더 소중하게 생각하며 청결하게 관리하고 보전해 나가야 한다. 갑천변에는 우레탄을 깔아서 탄력이 있어 달리기를 하거나 걷는 사람의 기분을 한층 돋워 준다. 시설이 좋으니 자연적으로 이용하는 시민들이 많기 마련이다.

새집을 지어 주면 새들이 찾아와 둥지를 틀고 살아가듯이 사람도 마찬가지 같다. 많은 시민들은 깨끗한 갑천을 즐겨 찾게 되리라. 옛날에는 가난한 사람이 목숨을 걸고 공부를 하여 성공한 사람이 많았으나 이제는 좋은 환경에 있는 학생들이 공부를 잘하는 이치와 같이 시민들 삶의 질도 이와 같다. 갑천의 풍경이 시민들의 사랑 속에 깨끗한 마음으로 즐겁게 이용되길 바란다.

갑천을 보고 즐기면서 후손에게 더 소중하게 물려주는 몫은 우리의 것이다. 비록 흐르지 않고 갇혀 있는 물이지만 이는 물결과 뛰노는 고기들의 모습은 맑게 흐르는 물과 같다. 살기가 여유가 있는 사람들이 건강을 위해서 운동을 하고 산책을 많이 하게 되니 시청은 이런 시민들의 요구에 부응하기 위해서 편익시설을 더욱 좋게 만들어 놓았다. 사랑 많은 부부들이 함께 이야기하며 걷는 모습이 정겨워 보이고 행복해 보인다.

가난에 찌든 사람, 신체적 부자유로 고통을 받는 장애인, 병마에 시달리는 환자들 모두 나와 아름답고 넉넉한 갑천변을 걸었으면 좋겠다.

갑천에서 며칠 전에 카누 경기대회를 개최하였다. 그때 만들어 놓은 레인이 출렁이고 있다. 스티로폼 표시판을 하루빨리 치워야 하겠다. 자연은 무슨 일이 있어도 본래의 상태를 지켜 주는 일이 제일 중요하다.

강바람만은 못해도 여름날이면 더위를 식혀 주었고 낭만을 만끽할 수 있게 해 준 갑천이 고마울 따름이다. 후손에게 맑고 깨끗한 갑천을 물려주기 위해서 함께 노력해야 한다. (2009. 10. 6).

27. 황혼의 차창가

　대전에서 평택까지 무궁화호 열차로 76분이 걸린다. 나는 이 길을 20년 넘게 오가며 생활하고 있다. 아침 여덟 시 팔 분에 서대전역을 출발하는 호남선 열차가 출근 열차다. 신탄진, 조치원, 천안, 평택, 수원, 서울로 출근하는 사람이 꽤나 많아 보인다.

　서대전역에서 승차하는 사람이 어림잡아 백여 명은 되는 것 같다. 피로해 보이는 푸시시한 얼굴, 잠이 덜 깬 얼굴, 샐러리맨의 고달픈 일상의 시작을 볼 수 있다. 전날 폭음한 술이 덜 깼는지 술 냄새를 풍기며 자리에 앉자마자 코를 고는 사람도 있다. 측은지심이 든다.

　모두가 자신이 원하는 직장에서 일할 수 없어 이곳저곳으로 옮겨 가며 생활하는 문제가 산물 같다. 사람들은 기차를 타고 자리에 앉으면 몇 사람은 조간신문을 열심히 읽지만 대부분은 잠을 청한다. 나도 습관이 되어 열차를 타면 잠을 잔다. 천안역을 지나면 잠에서 저절로 깨어난다.

　인간의 무의식세계가 작용하는 것 같다. 단 한 번의 실수도 없었으니 말이다. 저녁에는 강의시간에 따라 자유롭게 기차나 버스를 타고 집에 온다. 역무원이 알아보고 인사를 할 정도다. 오늘은 평택에서 5시 2분 기차가 좌석이 매진되어 입석표를 끊어서 승차했다. 카페 칸 보조석에 앉아서 왔다. 의자구조상 서쪽 창문을 바라보며 시간을 보내야 했다.

누렇게 익어 가는 황금물결과 서녘의 저녁노을이 잘 어울린다. 추수를 기다리는 들판의 벼들이 사랑스럽다. 저녁노을 역시 아쉬움을 느끼기 전에 정말로 아름답다는 감탄이 절로 나온다. 그도 잠깐일 뿐 어느새 해는 서산으로 넘어간다.

아름답고 소중한 것은 빨리 사라지기에 더욱 애착이 가는 것 같다. 풍요 속에 근심과 걱정이 없는 평화와 여유의 지대를 지나는 것같이 느껴진다. 모처럼 느껴 보는 여유롭고 평화로운 시간이다. 따스한 봄날 농부가 못자리를 하고 볍씨를 뿌려서 모를 기른 후 논에 트랙터로 모를 심는다.

며칠이 지나면 벼가 땅내를 맡아서 뿌리를 내리고 새파란 잎과 줄기를 키워 간다. 푸른 들판을 지나거나 생각할 때면 힘이 솟아나고 마음이 역동적으로 변하는 것 같다. 푸른 벼들은 알알이 열매를 맺어 사람의 식량이 된다.

시간과 태양을 살라먹고 황금빛 벼를 만들어 낸 창조주의 경이로움에 마음이 숙연해진다. 트랙터가 벼를 추수하면서 하얀 비닐로 볏짚을 둘둘 감아 두면 자연발효가 되어 가축사료용 엔실리지로 사용한다. 추수한 논에 하얀 비닐로 둥그렇게 쌓여 놓인 것이 바로 이것이다.

농사짓는 일도 예전처럼 일일이 사람 손으로 하지 않고 기계가 해 준다. 농촌에 젊은이가 없으니 자연히 부족한 노동력을 보충하기 위해서 기계화가 필수적으로 이루어졌다.

식량안보의 중요성과 농촌은 뿌리요 도시가 꽃이며 뿌리가 시들면 꽃도 시든다는 전통적인 주장으로 피폐해 가는 농촌을 붙잡기에 역부족이다.

생산비에도 못 미치는 쌀값 때문에 농민들이 수확 직전의 벼를 갈아엎고 추수한 벼 가마니에 불 지르는 모습이 마음 아프다. 농민들이 잘살 수 있는 방법을 마련해야 한다. 분명한 것은 농촌의 자연환경을 잘 보존하면서 친환경적인 농산물을 생산해야 한다는 것이다.

계절은 이렇게 아름답게 산하를 가꿔 가는데 나는 지나간 시간들에 어떤 일을 하였나를 곱씹어 본다. 수많은 사람들이 자연을 각기의 모습과 감정으로 노래하며 즐겼을 것이다. 창가에 어리는 풍경도 철 따라 달라지고 사람들의 사는 모습도 변했건만 젊은이의 미래를 향한 기상과 뜻은 변함이 없어 좋다.

수천 번을 오르내려도 오늘같이 아름다운 노을을 여유 있게 바라보기는 처음이다. 우리 주변에는 저녁노을보다 더 소중하고 아름다운 것이 많이 있는데 미처 그것을 보지 못하고 지나쳐 버린다. 들꽃이 그러하고 열심히 봉사하는 할머니가 그러하다.

생각하니 너무 아쉽다는 마음이 든다. 개발로 인해 넓은 들판에 전신주가 서 있고 도로가 뚫리면서 길가에는 형형색색의 집들이 그림처럼 서 있다. 건물, 전신주, 도로가 없이 모두가 논이었으면 얼마나 보기 좋을까를 생각해 본다.

이 모두가 인간의 편리를 위해 대지의 살을 파헤친 고통의 흔적들처럼 느껴진다. 하기야 풍년 든 들판이니, 서녘의 저녁노을은 태곳적부터 변함없이 있었는데 사람들이 미처 보지 못한 것이다. 길가의 들꽃 한 송이에 더 많은 눈길을 주고 산속의 야생화도 자주 찾아가서 이야기를 해야겠다.

백두산 천지 주변에서 피어나는 수많은 작은 야생화가 가끔은 그리워져 다시 찾아가고 싶어진다. 나는 야생화의 아름다움을 보기 위해서 백두산을 여러 번 찾았다. 내년 여름에 또 아름다운 들꽃들을 찾아 백두산에 오르리라. 사람이나 자연이나 아름다운 인연은 이어 가며 즐기는 데 의미가 있다.

아름다운 자연에 더 많은 사랑과 관심을 갖고 살아가는 일이 행복한 일이다. 도로를 중심으로 도시가 커 가고 농지가 잠식되지만 매년 쌀 생산량은 증가되고 사람들의 살기는 좋아진다. 과학기술이 가져다준 풍요로운 결과다.

농민들은 쌀 재고량이 넘치고 쌀값이 싸서 대북원조를 시행하고 쌀값을 올려 달라면서 잘 익은 벼에 불 지르며 시위를 한다. 각 지자체마다 쌀 브랜드를 개발하여 포장은 요란한데 생산된 쌀 맛이 특성이 없고 획일적이니 소비자의 다양한 입맛을 잡지 못한다. 우리도 이제 무공해 기능성 쌀을 개발하고 생산하여 소비자의 다양한 입맛과 필요에 따른 쌀을 공급해야 한다.

농촌진흥청의 다양한 연구가 절실한 때다. 식량이 부족해서 굶주렸던 보릿고개 넘기가 힘들었던 60~70년대는 미질은 고사하고 물량만 많으면 만사해결이었던 시절이었다. 지금은 양의 가치보다 질의 가치를 중시한다.

친환경농법으로 벼를 재배하여 소비자의 건강을 먼저 생각하는 농사를 지어야 한다. 기능성 쌀을 생산하여 소비자의 건강을 지켜 주는 일은 이 시대 농민의 중요한 가치다. 사람도 서녘의 황혼처럼 생을 정리할 때를 인식하여 초음을 아껴 쓰고 보람 있게 살아야 한다.

동녘의 아침 해가 만물을 비춰서 생명을 창조하듯이 지는 황혼은 새로운 역사를 기록하며 넘어갈 수 있도록 만들어야 한다. 탄생도 신비롭고 존귀하지만 사라짐도 존귀하고 아름다워야 한다.

황혼 빛에 물든 들녘의 풍년이 있기까지 땀 흘린 농부의 손길과 노고에 한 번쯤 감사한 마음을 가져야 한다. 황혼이 물들어 가는 서녘의 하늘이 다정한 나의 친구가 되어 집으로 내려오는 시간이 즐거웠다. (2009. 10. 9).

28. 도솔산 사색

우리 집에서 20분 거리에 도솔산이 위치해 있어 자주 찾게 된다. 대전 서구 지역에 사는 사람들의 친근한 산책길로 사랑받고 있는 야트막한 야산이다. 점심식사 후 도솔산을 찾았다. 흐린 날씨는 곧 비라도 쏟아질 것 같았다.

가을 문턱에서 비를 맞이하는 것은 오물을 밟는 기분같이 불쾌하다. 비구름이 음산하게 도솔산을 짓누르며 빗낱을 떨어뜨린다. 모자를 쓸 필요가 없는 날씨다.

길섶의 벚나무가 갈색으로 변하면서 단풍잎을 만들어 가고 있다. 이른 봄, 잎이 피기 전에 제일 먼저 꽃을 피우는 벚나무가 먼저 낙엽을 만든다. 정상에 먼저 오른 사람이 일찍 내려오는 이치와 같다. 성급하게 승진하거나 출세하려 하지 말아야 한다.

산책길가에 심어 놓은 개나리꽃잎이 자줏빛으로 변해 가고 있다. 봄날의 샛노란 작은 꽃을 피웠던 가지에 달린 잎사귀가 얼마 남지 않은 시간을 아쉬워하는 것 같다. 일찍 출세한 사람이 먼저 퇴직하는 이치와 같다.

어쩌면 사람에게는 한정된 기회와 짧은 영광의 시간을 주는지 모른다. 기회와 시간을 잘 활용하는 것이 인생의 성패를 좌우하게 된다. 젊은 날에 꿈꾸던 일에 대하여 나는 얼마나 노력했고 땀을 흘렸나를 생각하면 후회와 아쉬움뿐이다.

좀 더 열심히 공부하고 생각하며 신중하게 판단하고 행동할 수 있었는데 때로는 어리석음과 경망스러움으로 마음이 부끄러워지기도 한다. 물론 경제적 손실도 컸고 마음고생도 많이 했던 일도 따지고 보면 나의 어리석음의 산물이었다.

산책길에서 길옆에 널려 있는 묘비를 가끔 읽어 본다. 조선시대 때 판서, 참판, 참의 벼슬을 한 사람들에서부터 최근에 아들 잘 교육시켰다는 내용이 각양각색으로 적혀 있다. 만약에 내 묘비를 세운다면 무엇이라고 쓸 것인가를 생각해 본다. 청소년을 위해 열정을 바치고 저술활동에 땀을 흘렸다고. 너무 일상적이고 부족한 것 같다는 생각이 든다.

자신의 죽음과 후일의 평가에 대하여 조금은 생각할 필요가 있다. 그래야 헛되게 시간을 보내는 일이 없을 테니까. 끊임없는 자기성찰 속에 꾸준하게 노력하는 자세가 절실한 때다. 인간은 삶의 목적과 가치를 일찍 자각하고 성실하고 기쁘게 살아가는 것이 으뜸이 되어야 한다.

자신은 부족함이 없고 게으르지 않은 것 같지만 남이 볼 때에는 부족하고 모자라며 게을러 보인다. 냉정하고 이성적인 직시를 하고 올바른 행동을 해야 한다. 자신이 뜻을 세운 일을 하면 즐겁게 목적을 향해 한 걸음 한 걸음 다가갈 수 있다. 흐르는 시간만큼 기쁨도 커지고 보람이 쌓여 간다.

*자연에 대한 사색: 항상 변함없이 넉넉하고 넓은 품을 가진 대

자연은 부족함이 없이 세상 모두를 다 품고 있다. 들꽃을 피우고 열매를 맺으며 철 따라 사람이 요구하는 것을 아낌없이 준다. 다 퍼 주고 파헤쳐지고 생채기가 나도 한마디 불평 없이 그냥 당하고 만다. 그러나 원상회복의 원리만은 버리지 않고 조금씩 꾸준히 변화시켜 간다.

불평 한마디 없는 자연의 품은 어머니 사랑처럼 한이 없다. 조건 없는 사랑처럼 삼라만상을 품에 안고 시간을 지워 간다. 지난 시간 뒤에는 아름다움과 그리움의 흔적을 남겨 둔다. 대자연의 섭리를 생각하면서 인간의 욕심을 반성하여야 한다.

산속의 꽃 한 송이, 시냇가의 송사리 한 마리의 소중함을 잊어서는 안 된다. 만물과 인간은 공존하며 그들의 터전을 파괴하는 일을 자제하여야 한다. 자연의 파괴는 결국 인간에게 피해로 되돌아온다는 사실을 기억해야 한다. 자연은 사람의 손과 발이 닿지 않고 그냥 놔두는 것이 최선의 보호이다.

인정에 대한 사색: 우리 한민족은 정을 먹고 사는 사람들이다. 항상 넘치는 정을 갖고 나누며 살아왔다. 유구한 역사 속에 조국을 지켜 왔던 것도 정의 문화가 한몫했음을 부인할 수 없다.

전란 속에 피난민이 밀려오면 생면부지의 사람에게 숙식을 제공해 주었다. 식구밖에 먹을 식사가 없는데 지나가는 길손이 식사를 하지 않았다고 하자 한 술씩 나눠 먹었던 십시일반의 정이 흐르던 민족이다.

사람의 정은 인간을 존중하고 이롭게 하는 홍익사상에서 기인하고 있다. 쌀독에서 인심 난다는 말은 경제적인 여유가 있을 때에 남을 도와줄 수 있다는 의미다. 개인주의와 물질주의의 만연은 남을 배려하고 나누는 일에 무관심하기 때문에 나누려는 마음이 필요하다.

*사랑에 대한 사색: 사람은 살아가는 동안 사랑을 나누고 주고받으면서 살아가야 한다. 사람은 사랑 속에서 일상을 영위해 가야 한다.

사람이나 사물에 대하여 관심을 가질 때에 사랑은 싹트기 마련이다. 사랑을 하려면 먼저 관심을 가져야 한다. 관심은 사랑을 실천하는 첫출발이기도 하다. 사랑은 중단되거나 일시적이어서는 안 된다.

사랑은 흐르는 물과 같아서 고여 있으면 물이 썩듯이 사랑이 식어 가기 마련이다. 끊임없이 새롭게 하고 소중하게 생각하며 가치를 높여 가야 한다. 식지 않는 사랑을 하며 살아가는 사람보다 더 행복한 사람은 없다.

*일상에 대한 사색: 범사와 일상에 항상 감사할 줄 아는 자세를 갖고서 여생을 살아가야 한다. 나는 앞으로 정년이 칠 년 남았다. 정년 후 할 일을 계획하고 실현을 위한 노력과 준비에 충실해야 한다고 다짐해 본다.

일상의 행복을 위해서 땀 흘리는 생활이 더없이 아름다운 것은 성실하고 열정이 있기 때문이다. 사회봉사활동을 지속하면서 기관이나 단체를 관리하는 역할도 내게 맞는 것 같다. 정년을 한 선배 교수가 잠깐 사이 칠 년이 간다고 자신의 경험을 전해 준다. 나이 들면 같은 시간이라도 빨리 가기 마련이다.

가는 시간이 아쉽기 때문일 것이다. 사람은 생각하는 갈대라고 말한 파스칼의 마음을 이해해야 한다. 일상 중에서 틈틈이 사색을 통해서 자신을 성숙시켜 갈 수 있는 방법을 찾는 일에도 게을리해서는 안 된다.

정말로 아름다운 사색은 자신을 되돌아보고 성숙시켜 주는 도량의 방법이기도 하다. 아름다운 가을날 더 많은 풍요로움을 위해서 사색의 시간을 넓혀 가리라. (2009. 10. 10).

29. 단풍이 물들어 가듯

가을은 단풍에서부터 오나 보다. 서늘한 바람결에 곱게 물들어 가는 산야의 만물이 보기 좋다. 도심의 가로수도 화선지에 물감을 뿌린 것같이 고운 단풍을 만들어 간다.

도로 가의 느티나무, 은행나무, 벚나무가 푸른빛을 잃으면서 갈색으로 혹은 노란빛으로 채색되어 간다. 하늘 높이 치솟는 길가의 메타스콰이어도 갈색 잎을 만들어 간다. 바다 건너 멀리 외국에서 옮겨진 외래 수종도 함께하는 가을날의 공평함이 고맙다. 단풍은 하루가 다르게 물들고 있다. 도로가 가로수 길은 내가 매일 산책하는 곳으로 나는 나무와 정이 많이 들었다.

마음속으로 건강하고 푸르게 자라나라는 숨은 기도가 전해졌을 것이다. 요즘은 각 지자체마다 상징나무나 특산물을 가로수로 심어서 지역을 알리고 있다. 영동에는 감나무를, 충주에는 사과나무를 심어서 지역의 상징성을 나타낸다.

이 일이 전국적으로 확산되었으면 좋겠다는 생각이 든다. 붉은 단풍잎을 바라보면 그 속에 나뭇잎 일생의 노래가 배어 있다. 따뜻한 봄날 새싹을 틔우며 초록의 꿈을 가꾸고 여름날 태양과 맞서 줄기와 잎을 키우며 열매를 만들어 왔다.

가을이 되면 풍성한 열매를 맺고 잎을 떨어뜨릴 준비를 하며 동면의 이야기를 만들어 가며 봄을 기다린다. 봄날에 돋아날 푸른 새싹의 소망이 아름답지 않은가. 청소년들의 이야기가 아름다운 것은 미래의 꿈을 이야기하기 때문이다. 금년에는 봄여름이 가물지 않고 비가 충분하게 내려서 단풍이 아름답게 물들었다.

골고루 영양분을 섭취하고 알맞은 운동을 하는 젊은이처럼 보기 좋다. 마치 아침 여명이 밝아 오듯 순식간에 가을이 밀려오는 것 같다.

사람도 청소년기에 열심히 공부하고 신체를 단련해야 성인이 되어서 건강하게 생활할 수 있음과 같다. 공부하며 노력하는 청소년이 장해 보이는 이유다. 초롱초롱한 눈망울에서 우리의 내일을 보는 즐거움에 나는 항상 감사의 기도를 드린다.

학생들에게 사랑과 격려로 일관하며 내일의 꿈의 발걸음을 재촉하는 일을 즐겨 한다. 서울을 비롯한 일부 지자체에서는 가을이 다 가도록 낙엽을 쓸지 않고 그냥 두는 낙엽거리를 만들어서 데이트하는 젊은이를 즐겁게 해 주고 추억과 낭만의 서정을 심어 준다.

도심의 벽이나 지하철 벽에도 시 한 수를 읽을 수 있도록 삽화와 함께 걸어 놓는다. 지나는 사람이 발걸음을 멈추고 기다리는 사람이 시 한 수를 감상하는 모습은 정말로 보기 좋다. 설악산 천불동 계곡에서부터 시작하여 제주도 한라산까지 긴 여정을 물들이기 시작한 대자연의 순례가 보기 좋다.

시차를 두고 내려오는 단풍 물결은 우리의 부지런함을 요구한다. 아름다운 단풍을 모두 보려면 부지런해야 한다. 남하하는 단풍과 더불어 여행을 해야 한다. 캠퍼스에도 단풍 물결이 몰려와 갖가지 나뭇잎을 물들이고 있다.

꽃사과가 어찌나 많이 달렸는지 가지마다 가득하다. 과일 망신시
킨다는 모과가 노랗게 잘 익은 열매를 땅에 떨어뜨린다. 조교가 주워
온 것을 한 알 얻어서 연구실에 두었다. 짬짬이 맡아 보는 모과향이
은은하며 정말로 좋았다. 프랑스제 향수보다 더 향긋하다. 하나님은
만물을 창조하실 때에 하나의 장단점을 골고루 주신 것 같다.

볼품없고 떫은 모과에도 은은한 향기를 듬뿍 주셨으니 말이다. 차
로 달여 마시면 감기를 예방할 수 있는 약제의 성분도 주셨다. 들판
의 황금빛 벼처럼 곱게 물들어 가는 단풍은 우리에게 사랑과 낭만
을 깨워 준다. 불어오는 쌀쌀한 바람은 노란 은행잎을 훌뿌리며 가
을 노래를 부른다.

봄날의 푸른 새싹이 우리에게 새로운 희망과 꿈을 주었듯이 단풍
은 성숙의 아름다움과 사색의 즐거움을 더해 준다. 여름의 햇살이
따갑고 비가 알맞게 내려서 작물의 생육상태가 좋으면 단풍이 곱게
물든다. 어린 시절 곱게 물든 단풍잎을 주워서 책갈피에 꼽던 추억
도 그리워진다.

수십 년을 보는 단풍이지만 느끼는 감정과 생각은 매년 다르다.
인간의 감성이 풍부하고 아름답게 진화하는 것 같다. 길섶의 들국화
가 짙은 향기를 풍기며 벌들을 부르고 있다. 벌들은 마지막 꿀을 모
으기 위해서 분주히 움직인다.

혼기를 앞둔 젊은 청춘들의 데이트가 결실을 맺어서 행복하게 살
아가는 새 출발의 가을이 되었으면 한다. 사람도 벌이 마지막 꿀을
모으듯 나이가 들면 소중하고 사랑하는 것에 애틋함을 느껴야 한다.
시간이 그러하고 친구의 우정이 그러하다.

　사라져 가는 옛것이 그럴 것이다. 유한한 삶을 사는 동안 값지고 아름답게 살아가려는 노력과 실천이야말로 중요한 일이다. 사회와 인류를 위해서 기여할 수 있는 작은 일을 찾아서 최선을 다하는 노력이 절실하다.

　가을날의 단풍처럼 완숙한 아름다움을 다하기 위해서 땀 흘리고 노력하는 생활을 하여야 한다. 후회와 아쉬움이 없는 시간을 보내야 한다. 아쉬움과 미련은 어쩔 수 없지만 후회하는 삶을 살아서는 안 된다. (2009. 10. 25).

30. 공도의 들판 길

경기도 안성시 공도의 넓은 벌판은 내가 즐겨 걷는 길이다. 황금을 발라 놓은 듯한 풍경이 마음에 여유를 준다. 나에게 벌판은 일 년 내내 사색과 거느림을 주는 고맙고 정겨운 곳이다.

삶의 진정한 가치와 사물의 존재성을 생각하고 복잡한 사회를 염려하며 걸었던 곳이다. 때로는 중원 벌판을 달렸을 고구려인의 기상을 생각하기도 한다. 철 따라 걸으며 생각했던 내용이 달라지는 것은 계절의 변화에 따른 환경 탓인가 보다.

가을 들판을 걷는 일은 풍요와 감사함을 절감하게 해 준다. 일용할 식량이 될 쌀을 생산하는 벼가 농민들의 피땀 어린 노력으로 결실을 맺은 현장이기 때문이다. 노력한 만큼 결과를 주는 자연의 이치를 확인하게 된다. 자연은 정직하고 공평하다.

누구에게 무엇을 더 주거나 덜 주지 않는다. 퇴비 한 줌 더 주고 김 한 번 더 매 준 것에 따라 수확량이 달라진다. 공도 들판은 벼 농사가 주류를 이룬다.

가끔 농수로 변에 심은 두태와 들깨가 있을 뿐이다. 나는 일주일에 이틀은 학교 옆에 있는 안성시 공도면 진사리에 위치한 열일곱

평짜리 아파트에서 잠을 잔다.

20층짜리 아파트인데 나는 7층에서 산다. 학교에서 걸어서 10분 거리여서 출퇴근에 불편함이 없다. 칠층에서 창문을 열고 바라보면 앞과 옆이 모두가 탁 트인 들판이다.

두 곳의 교회에서 밝히는 붉은 십자가 두 개가 항상 우리 집의 평화와 안위를 지켜 준다. 신흥주택가마다 늘어서는 교회의 교인유치경쟁이 치열하다. 성경 말씀이 인쇄된 휴대용 휴지를 나눠 주면서 교회에 오기를 권한다. 어느 교회 교인들은 붕어빵을 직접 구워서 지나가는 사람에게 나눠 주면서 교회에 오기를 권한다.

시설도 신도 수에 따라 각양각색이다. 부설유치원에 교육관까지 넓은 교회 부지를 확보하고 교인들의 다양한 복지시설을 마련한다. 재정형편이 어려운 교회는 패널 집에 가건물 비슷하게 예배당을 지었다. 몇 년 전만 해도 모두가 논이었는데 도시가 커 가면서 농지가 잠식된 것이다.

모내기를 끝낸 봄날이면 녹색 바다의 파도를 보는 것 같다. 하루가 다르게 성장해 가는 논의 벼는 마치 녹색 병정들의 열병하는 모습처럼 보인다. 푸른 생명의 노래와 환희를 느끼면서 걷는 논둑길도 재미가 배가된다. 여름철이면 짙은 녹색에서 풍기는 벼들의 성장통을 느끼게 된다.

벼가 자라나는 소리라도 들을 수 있는 기분이다. 푸르고 왕성하게 무럭무럭 자라서 가을이면 황금물결 넘실대는 풍요의 파도를 보게 된다. 흰 눈 내리는 겨울이면 들판을 뒤덮은 백설의 청결함에 취할 수 있다. 귓전을 때리는 북풍의 눈보라는 야성과 열정을 생각하게 해 주어 좋다.

사철이 아름다운 이곳에는 교회와 어린이집이 있을 뿐 모두가 벼들이 자랐던 황금들판이다. 어린 시절 논에서 메뚜기를 잡아 강아지풀에 꿰어서 달랑거리며 다니던 일이 생각난다. 메뚜기를 잡으려면 팔딱팔딱 뛰면서 도망을 가고 뒤쫓아 가던 기억이 아련하다. 대전 본가를 오가며 평택에 살기 시작한 지도 십여 년이 된다. 기껏해야 일주일에 한두 번 머물지만 정감이 가는 곳이 됐다.

사람은 살면 정이 들고 고향이라는 말이 실감 난다. 물론 학기가 끝나면 자지 않아 비어 있는 방이 된다. 이곳에서 머물 때는 시간을 마음대로 넉넉하게 사용할 수 있어 좋다. 연구실에서 열두 시가 넘도록 책을 보고 원고를 쓸 수 있는 기회가 주어진다.

저녁식사 후 십자가 불빛을 등대 삼아 들판에 나 있는 수로와 도로를 무던히도 걸었다. 저녁식사 후 가벼운 걷기운동을 하기 때문이다. 벼가 자라는 소리도 들으며 논둑 잡초의 속삭임도 들으면서 걸어가는 길이 행복한 즐거움을 준다.

나이 들면 걷는 운동이 제일인 것 같다. 몸에 전혀 무리를 주지 않고 손쉽게 걸으면 되니까. 수확이 끝난 어느 날은 안성천에서 내려온 제법 큰 고라니가 농수로를 따라 내려오다가 나를 보고 놀라서 후닥닥 뛰어간다. 먹이사슬이 파괴되어 야생동물들이 먹이를 구하러 마을까지 내려온다. 전국 도심에서 멧돼지 출현은 이제 다반사가 됐다.

자연을 훼손하여 먹이사슬이 파괴되어 먹이를 잃은 산짐승들의 반격이다. 환경의 오염이나 파괴에 따른 대가는 상상을 초월할 만큼 크다. 환경이 깨끗하고 수량이 풍부하니 참붕어, 미꾸라지 등의 토종 고기가 많다. 낚시꾼이 머리에 간이전등을 달고 낚시질을 한다.

마치 도깨비불처럼 파란빛이었다. 인기척도 하지 않고 낚시질하는 사람 때문에 잠시 공포의 시간을 갖기도 했다. 낚시의 매력은 고요와 집중의 시간을 탐색하는 데 있는 것 같다.

가끔은 같은 아파트에 사는 동료와 산책을 같이 하기도 한다. 학교생활이며 취미생활에서 자식 이야기까지 매우 다양한 이야기를 한다. 혼자 걸을 때보다 사색의 시간은 줄어들지만 이런저런 살아가는 이야기가 때론 피로를 풀어 준다.

산책을 마치고 노천카페에서 시원한 생맥 한잔 마시는 기분 또한 상쾌하다. 역시 인간은 사회적 동물이다. 일상에서 벌어지는 크고 작은 일을 자신의 생각대로 자유롭게 나누는 대화가 즐거울 뿐이다. 어떻게 보면 쓸데없는 이야기인데 즐겁게 이야기를 나눈다.(2009. 10. 28).

31. 겨우살이 준비

　오늘은 10월이 스러져 가는 아쉬운 날이다. 마침 토요일이어서 집에 있는 꽃들의 겨우살이 준비를 아내와 같이 하기로 했다. 추위 때문에 성장의 소망을 잠시 접고 겨우 생명을 연장해야 하는 시간이다.

　1층에 있는 한란을 비롯한 국산 난 5개와 고무나무 두 그루가 심겨진 2개의 화분, 벤자민이 심겨진 화분을 깨끗하게 닦았다. 크고 작은 2층의 60여 개의 화분도 깨끗하게 닦기에 정성을 모았다. 2층에 있는 60여 개의 화분과 아래층에 있는 10여 개의 난초와 벤자민과 고무나무가 심겨진 화분을 실내에 들어놓았다.

　2층의 알로에가 심겨진 화분에 잡초와 함께 피어난 괭이밥이 다섯 개의 작은 노란 꽃잎을 활짝 피웠다. 쌀알보다 작은 꽃이 백두산 천지변에 흐드러지게 피어난 들꽃처럼 아름다웠다.

　괭이밥은 신맛이 난다고 해서 일명 시금초라고 한다. 또는 괴승애라고 부른다. 키가 작은 여러해살이풀로서 해열, 이뇨, 소종 등에 효능이 있다. 잎 모양은 토끼풀과 비슷하며 줄기는 땅에 엎드리거나 비스듬히 10㎝ 안팎의 높이로 자라난다. 괭이밥 노란 꽃에서 한

참 동안 눈을 떼지 못했다.

도심에 살다 보면 하찮은 풀 한 포기 꽃 한 송이도 고맙고 사랑스럽게 느껴진다. 국산 가시선인장이 심겨진 커다란 화분을 옮기자 조그마한 개미들이 바글바글하다. 언제 어떻게 어디서 왔는지는 모르지만 그 많은 새끼를 번식해서 수천 마리의 개미가 모여 산다. 몇 평 안 되는 옥상이지만 여기에도 생태계가 형성되어 많은 생물들이 살고 있었다.

봄에 세 포기를 사다 심은 수련은 스무 포기까지 번식하여 자주색 꽃을 피우며 잘 자라났다. 개구리 울음보처럼 잎 아래 줄기가 통통한 수련은 물 위에 떠다녀서 보기가 좋았다. 끝 더위가 가시자 무슨 병인지 알 수 없이 잎과 줄기가 썩어 가고 있어 보기가 흉했다.

썩은 줄기와 잎을 다듬고 길게 자란 뿌리를 자른 후 새 물로 갈아서 수반에 옮겨 심었다. 그리고 집 안 거실에 들여놓았다. 푸른 잎을 키우면서 다시 자줏빛 꽃을 피우리라는 바람을 가져 본다. 지난주에 인방에 들여놓은 수련이 어느새 새잎을 벌리고 있다. 식물은 수분과 온도와 햇빛의 삼 요소가 맞아야 성장을 하게 된다. 지난봄에 개발선인장 한 마디를 얻어다 심었는데 여름 동안 다섯 가지를 뻗으며 한 가지에 네 마디씩 자라났다.

마지막 순에 쌀알만 한 꽃망울을 키우고 있다. 내 책상 위에 놓고 꽃이 피는 모습을 보기로 했다. 매일 꽃망울이 커 가는 모습을 지켜보는 기쁨이 한없이 크다.

마치 할아버지가 첫 손자를 보고 그 손자가 커 가는 모습을 보는 기쁨과 같을 것이다. 10㎝ 정도 되는 작은 플라스틱 화분에 심은 개발선인장 아래서는 괭이밥이 노란 꽃잎을 내밀고 있다. 다육식물

아래에서도 괭이밥이 두 개의 꽃대를 내밀 준비를 하고 있다. 여러 개의 화분에서 괭이밥을 비롯해서 조그만 잡초들이 정겹게 자라나고 있다. 조그만 화분 안이 하나의 소우주처럼 느껴진다. 식물의 세계는 정말 오묘하고 아름답다. 흙과 물과 빛만 있으면 생명을 키워 간다.

집안의 감나무에 탐스럽게 열린 감들이 홍시의 꿈을 이뤄 가기 시작하면 나의 입맛이 살아난다. 매년 아내가 장대로 감을 따서 옹기에 담아 뜰에 놓아두면 서서히 홍시로 익어 간다.

잘 익은 홍시 맛이 나를 유혹하고 나는 그들과 같이 입맞춤한다. 겨울이면 수백 개의 홍시가 내 입안에서 녹아난다. 캠퍼스의 모과나무도 열매를 맺어 주렁주렁 풍성하게 매달려 있다. 바람결에 떨어지면 모과를 학생들이 주워서 내 연구실로 가져온다. 나는 향긋한 모과 냄새를 맡기에 분주하다.

모과는 생김새와는 달리 냄새가 향긋하고 은은한 것이 좋다. 학생의 마음이 곱지 않은가. 남에 대한 배려와 관심은 실천할 때 의미가 있다. 어물전망신은 꼴뚜기가 시키고 과일망신은 모과가 시킨다는 옛말이 바뀌어야 할 것 같다.

시고 떫은맛의 상징인 모과가 나에게는 아주 소중하고 훌륭한 과일이 된다. 가을에 열리는 모든 열매는 그저 탐스럽고 사랑스럽다. 그 이유는 모두 남에게 주기 위해서 열매를 맺었기 때문이다. 두 시간에 걸쳐서 화분을 정리한 후 뜰의 의자에 앉아 발간 감을 바라본다.

아내가 며칠 전 까치가 파먹은 감 여섯 개를 따서 곶감을 만들려고 처마 밑에 걸어 놓았다. 잘 익은 홍시를 한 알 먹으며 하늘을 쳐다보는 나를 보고 아내는 말한다. 오른쪽 감나무 하나를 베어야 겠다고. 옆집으로 가지가 넘어가고 감도 제대로 달리지 않기 때문이란다. 나는 바로 대답이 안 나왔다. 아쉬웠기 때문이다.

오른쪽 감나무는 한약재 찌꺼기, 과일 찌꺼기 등을 아내가 열심히 한약방에서 얻어다 주어서 감 알이 굵고 달며 튼실하다. 며칠 전 윗집 아저씨와 건강원에 가서 과일을 짜고 남은 찌꺼기를 얻어다 감나무에 주려고 갔다가 헛걸음을 하였다.

아주머니가 잘못 알고 이야기해서 미안하다며 고구마 삶은 것을 가져왔다. 마치 옛날 시골의 풍경 같은 사람 사는 냄새가 물씬 풍긴다. 모처럼 아내와 뜰에서 나누는 이야기가 즐거웠다. 감나무 이야기, 이웃집 할머니 이야기, 한글교실 할머니 이야기 등을 나눈다. 일상의 대화가 어찌 보면 다 쓸데없는 것 같지만 이런 것이 다 살아가는 숨결들이다.

항상 바쁘다는 이유로 함께한 시간이 적어 미안한 생각이 드는데 오늘은 조금 덜 미안하다. 겨우 연명하듯 겨울을 난다고 해서 겨우살이라고 한 이유가 상상된다. 이 꽃들은 죽지 못해 최소한의 물을 빨아올리고 빛을 받으며 겨울을 보낼 수 있을 것이다.

안방에 들여다 놓은 접시에 옮겨 심은 두 개의 수련이 매일매일 활기를 찾고 있어 나를 기쁘게 해 준다. 오늘밤 아홉 시 반부터 내리기 시작한 비가 낙엽을 떨어뜨릴 것 같아 아쉬운 마음이 든다.

계절의 순회 속에 좀 더 성숙하고 여유롭게 생각하는 것도 가을이 가져다주는 특혜 같다. (2009. 10. 31).

32. 잠 못 이루는 밤

누구나 밤이면 땀 흘려 목마를 때 마시는 냉수처럼 달콤한 숙면을 취하여야 다음 날 정상적으로 활동을 할 수 있다. 단잠은 항상 아이스크림보다 더 달콤하고 상큼하며 신혼부부의 첫날밤처럼 아름답다.

신혼부부의 첫날밤은 오랜 기다림의 소망이 이루어지는 사랑의 시간이어서 그렇다. 노동자가 힘든 노동을 하고 식사 후 잠시 자는 잠처럼 단잠은 소중하다. 어린아이는 자면서 큰다는 말처럼 잠은 신진대사의 기본을 이룬다. 잠 못 이루며 불면증에 시달리는 사람들은 다양한 이유가 있다.

잠 못 자는 사람의 고통은 말로 형언하기 어려우리만큼 크다. 혹자는 억울하고 분통이 터져서, 이별이 슬퍼서, 너무 기분이 좋아서 잠을 이루지 못한다. 날이 밝으면 사형이 집행될 사형수가 마지막 잠을 이루지 못함이 제일 고통스러울 것이다.

어렸을 때에 심하게 놀라서 잠을 못 자고 울며 보챌 때에 침쟁이 할아버지한테 침 한 대 맞으면 거짓말같이 깨끗이 나았을 때의 기분은 첫눈을 밟을 때와 같은 것이다.

잠을 이루지 못할 만큼 좋은 일이 있는 것은 고마운 일이다. 날이 밝으면 결혼식을 올리는 아가씨가 전날 밤에 잠 못 이루는 설레는 마음은 정말로 아름답다.

초등학교 시절 수확여행 전날 밤에 잠을 설치게 된다. 여행의 기쁨과 기다림의 시간 때문이다. 이 고마움도 충분히 자야만 만끽할 수 있다. 나이가 들면 잠이 줄어든다. 노인들은 늦게 자고 일찍 일어난다.

요즘은 지속되는 경제 불황과 취업난으로 인해서 잠 못 이루는 젊은이들이 많다. 단잠을 자야 할 시간에 번민에 싸여 마음고생하는 이들에게 밤은 길다. 갈 길 먼 사람에게 아픈 발이 고통스럽듯이. 어쩌면 삶은 고행인지도 모른다. 그러나 고행 속에 평안함과 행복이 있다.

인생은 긍정적으로 살아가야 한다. 수능을 앞두고 밤새워 공부하는 고교수험생도 졸린 잠을 쫓는다. 사업하는 사람은 어떡하면 역경의 파고를 넘을까를 고민하며 밤을 지새운다. 젊은 시절 사랑에 빠진 남녀 젊은이가 밤새워 사랑 이야기를 나누던 아름다운 추억이 그리워지는 시간이다.

어떤 목적을 달성하기 위해서 밤새워 일하고 연구하는 사람은 시간의 지남을 항상 안타까워하며 시테크를 잘 운용해 간다. 발명가가 그러하고 연구하는 연구원이 그러하며 학문하는 학자가 그러하다. 자신이 맡은 분야에서 밤새워 일하는 열정이 있는 사람은 참으로 행복한 사람이다.

직장의 동료 중 시각디자인을 전공한 교수가 있었다. 그 교수는 국제적으로 실력에 대해 정평을 받는 사람이다. 어느 가을에 프랑스 파리에서 크리스마스카드 도안에 대하여 의뢰가 왔다. 재미있는 것은 용역비는 자신이 원하는 대로 써내란다.

그러나 그 교수는 일반적이고 보편적인 국제적인 기준이 있다면서 그 이상의 돈은 요구할 수 없다고 한다. 불과 15㎠의 카드를 구상하고 그리는 아이디어를 찾기 위해서 며칠을 날밤을 새우면서 구상에 몰두한다.

조선시대의 사군자를 세워 보고 옆에서 보고 다양한 방법으로 감상하면서 그 속게 담겨 있는 예술가의 혼과 마음을 찾기에 골몰한다. 또 그것에 자신의 아이디어와 예술성을 불어넣어 생명력 있는 작품 구상에 혼신에 정성을 바친다.

왜 잠을 자지 않느냐고 물으니 생각의 연계가 단절되기 때문이란다. 예술이나 학문은 열정과 인내가 없으면 불가능한 이유다. 지난날 나의 밤샘은 무엇 때문이었나를 생각해 본다. 때로는 공부를 하느라, 원고를 쓰느라고, 때로는 춤추고 술 마시며 노느라고 밤새운 일이 있다.

지난일이기도 하지만 의미 있는 일에 성취의 희열을 느낄 때가 정말로 좋았다. 나는 초등학교 3학년 때 학교가 1㎞쯤 떨어진 곳에 새로 개교를 하여 친한 친구가 2학기 때 전학을 가게 되었다. 깊어가는 가을날 귀뚜라미가 울 때면 친구가 그리워 눈물짓던 날이 가끔 생각난다.

첫눈 같은 동심의 이별을 맞보아야 했던 시절의 아름다움은 세월이 가도 지워지지 않은 채 가슴에 따뜻하게 남아 있다. 그 시절에는 휴대폰은 물론 전화도 없어서 연락할 길이 없었다. 몇 십 년이 지난 후 우연히 그 친구를 만났는데 옛 감정이 많이 사라져서 지금은 연락을 이어 가지 못하고 있다.

시간은 인간의 감정을 변화시키고 새롭게 생성시키기도 한다. 사람의 마음도 시간이 흐르면 잊혀서 바쁜 생활 속에서 이어 가기란 어려운 것 같다. 유난히 가을이면 생각이 되살아나는 일은 길가의 가냘픈 코스모스의 하늘거림과 그 길을 무심히 걸었던 일이다.

순수의 아름다운 생각이 철 따라 되살아나는 기쁨 또한 크다. 가을과 이별은 나에게 많은 생각을 하게 하는 계기가 되었다. 가을은 성숙이 또 다른 생명의 잉태를 약속한다.

시간이 지나니 점차 기억도 희미해진다. 인간은 망각의 동물이지만 망각 속에 광산의 다이아몬드처럼 귀하고 아름다운 추억과 가치를 지닌 채 잠든다.

잠 못 이루는 밤에는 마음을 진정시켜 주는 잔잔한 음악을 듣는 것이 좋다. 음악처럼 평온하고 감동을 주는 마음을 가지려는 몸부림이 필요한 때다. (2009. 11. 5).

33. 낙엽 지는 시간

  자연은 살아 움직이는 영원한 존재다. 어린아이가 잠자는 것처럼 쌔근쌔근 숨을 쉬기도 하고 환자처럼 가쁜 숨을 몰아쉬기도 한다. 때론 마라토너처럼 격정적으로 가쁜 숨을 쉰다.

  이는 모두 인간의 선택과 결과에 따라 순응하는 자연의 표현일 뿐이다. 지구촌은 기후변화의 고통을 겪고 환경오염은 지구의 순환에 악영향을 미치고 있다. 지구촌 곳곳에서 이상기후로 육지가 물에 잠기고 푸른 장이 사막으로 변해 간다. 북극 얼음이 녹아 북극곰이 생존위협을 받고 있다.

  다행히 대전의 우리 고향은 영향을 덜 받는 것 같다. 우리 집 감나무에는 푸르던 잎은 떨어지고 앙상한 가지에 몇 알의 감이 곱게 매달려 있다. 감을 딴 집 안의 감나무에 까치밥으로 3개의 감을 남겨두었다. 까치와 참새가 맛있게 감을 쪼아 먹는다.

  아침저녁으로 지저귀며 노래를 불러 주었던 항상 고마운 이들이 겨울나기가 힘들지 않을까 걱정했는데 조금은 위로가 된다. 아내의 따뜻한 배려로 감이 달려 있다.

  우리 집은 야생고양이, 까치, 참새, 거미, 개미, 감나무, 대나무,

매실, 동백나무, 팔손이나무의 천국이다. 어떤 방해도 받지 않고 잘 자라날 수 있기 때문이다.

사계의 변화 속에 윤회하는 동식물의 생활이 끝나지 않고 대를 이어 감도 이와 같다. 철 따라 변화하는 자연의 모습은 하나님을 닮았나 보다. 모두에게 공평하신 하나님처럼 뿌린 대로 거두게 하고 열린 대로 수확하도록 해 준다. 줄서기 잘해서 출세하고 거짓말해서 돈 버는 세상의 추악함은 찾아볼 수 없는 자연의 세계가 참으로 좋다.

영면을 취할 곳도 자연의 품이기에 가끔은 그 고마움과 넉넉함에 감사하여야 한다. 자연의 순리를 따라 생각을 키우고 바꿔 가면서 산다면 환경오염도 사회문제도 없을 터인데. 잠을 쫓으며 열심히 공부한 사람은 시험점수가 좋게 나오는 이치와 같다.

성장의 의미가 존재가치를 인식하고 최선을 다하는 의무와 책임 이행의 당위성을 말해 준다. 멈춤의 의미가 사람에게 겸손과 자성 그리고 지혜의 본질을 이야기한다. 철마다 조물주가 인간에게 전하는 메시지를 빨리 인식하는 사람은 더욱 행복해질 수 있다.

잿빛 포도 위에서 유소년이 능숙하게 축구하듯이 가을바람이 은행잎을 가지고 이리저리 굴리면서 놀이를 즐긴다. 넋을 놓고 한참을 바라본다.

생각하니 나의 이처럼 한가한 시간도 너무 좋다. 규칙 없이 자유자재로 뒹구는 낙엽이 재미있어 보인다. 무규칙하지만 커다란 틀은 훼손하지 않으며 자유를 진정으로 만끽하는 것 같다. 황수리나무가 갈색 빛의 잎을 매단 채 가을을 나직이 노래한다.

가로수 은행잎은 수북이 낙엽을 쌓으며 청소부의 빗자루를 기다린다. 노란 잎이 난무하는 모습은 내일을 미소 짓게 한다. 아침의 소슬바람에 노란 은행잎은 하늘에서 쏟아지는 여름밤의 별처럼 아름답게 떨어진다.

은행나무를 가로수로 심은 뜻과 지혜에 감사드린다. 가로수 낙엽을 소각하는 비용이 일 년에 수백억 원이 든다. 이 낙엽으로 비료를 만들어서 농촌을 돕고 있다. 농촌에서는 아주 긴요한 비료로 사용하여 작물을 재배한다.

일석이조의 방법이다. 사람이 남을 돕는다는 것은 주변의 자원에 관심을 갖고 그것을 타인지향적으로 생각할 때 가능해진다. 지는 낙엽처럼 모두를 아낌없이 주고 가는 일은 아름답고 사랑스런 일이다. 가을은 낙엽이 있어 희망이 있고 여유가 넘쳐흐른다. 항상 가을 노래는 풍요롭고 인정이 있어 좋다.

자연이 불러 주는 자장가 같은 포근함을 주는 바람 소리와 낙엽 구르는 소리는 해를 바꿔 들어도 언제나 상큼하다. 어느 사람은 낙엽 지는 가을을 세상의 이별로 비유하기도 한다. 떠나는 이별의 슬픔과 죽음을 연상하기도 한다. 낙엽과 찬바람을 떠올리며 외롭고 쓸쓸하다고 말한다.

낙엽은 노동자가 하루의 일과를 끝마치고 흐뭇해하는 것처럼 푸른 잎을 홀가분하게 떨어뜨리고 자유롭게 여행을 떠나는 것과 같다. 낙엽을 떨어뜨린 가을 나무는 싸늘한 찬바람이 좋아서 앙상한 가지를 흔들고 지난날을 이야기한다.

거실에 들여놓은 벤자민 잎이 항상 푸름을 지켜 가는 생명력 강한 의미를 우리는 알아야 한다. 온도의 변화를 거부하며 어려운 여건 속에서도 푸름을 변치 않는 생명력이 강한 나무다.

공기를 정화시켜 주고 열악한 환경에서 잘 견디고 자라나는 특성 때문이다. 벤자민이 맑은 공기를 토해 내고 눈의 피로를 씻어 준다. 가을, 겨울에는 푸른 잎 하나, 꽃 한 송이가 가치를 배나 발휘한다.

안방에 들여놓은 개발선인장이 분홍빛 꽃망울을 키워 간다. 나는 시간이 날 때마다 전기스탠드에 불을 켜서 꽃을 피우는 데 도움을 준다. 아마 개발선인장도 내 마음과 정성을 알 것 같다. 바깥세상의 낙엽은 져도 거실의 꽃들이 힘겨운 생명을 노래하고 있다. 쌀독에서 인심이 나듯 여유 있는 시간과 생활에서 사색의 무한공간을 허용한다.

낙엽 지는 가을날의 고마운 시간에 더 많은 책을 읽고 노래를 부르자. 봄날의 푸른 새싹은 새싹대로 아름답고 가을의 낙엽 지는 시간은 나름대로 멋과 정취가 있어 좋다.

지는 낙엽이 아름다운 것은 자신의 아름다움과 푸른 시간을 넉넉하게 보내고 순리를 좇아 자연스럽게 떨어지기 때문이다. 인간도 시절을 좇아 성장하며 할 일을 다 할 때에 멋있어 보인다.

어린이는 어린이대로 놀이가 있고 생활이 있듯이 어른은 어른다운 품위를 지켜 가야 사회가 아름다워진다.

고매한 인격의 향내를 풍기면서 살아가기 위한 자성의 노력이 중단돼서는 안 된다. 자연의 섭리를 통해서 자신을 반추해 볼 수 있는 여유를 갖는 일이 중요하다. (2009. 11. 12).

34. 裸木의 사계

잎을 떨어뜨린 나무가 흰 눈과 함께하면 외로워 보이지 않는다. 아무리 가지가 가늘어도 흰 눈이 내려앉을 넉넉한 여유로움이 있어 포용하기 때문이다. 앙상한 나뭇가지와 흰 눈이 함께하면 잘 어울려서 아름답다. 꽃과 나비의 공생하는 모습을 생각하게 한다. 그래서 나는 눈 내린 겨울 등산을 즐겨 한다. 설산을 오르고 바라보는 정취가 참으로 여유롭고 좋기 때문이다.

아이젠 소리를 들으며 한 발 한 발 내딛는 정상을 향한 마음은 기쁨으로 가득 차게 된다. 이마에 송골송골 맺히는 땀방울을 식혀 주는 겨울바람도 상쾌하다. 정상에서 쳐다보면 모두가 희고 하얗다. 순백의 세상에 앙상하게 서 있는 겨울나무를 바라보며 나무가 보낸 풍성한 지난 계절을 생각하게 한다.

온 세상이 푸른 초록으로 새싹을 키워 가면 나무도 만물과 더불어 새잎을 내민다. 돌 지난 아기의 웃음 같은 사랑스럽고 귀여운 잎과 줄기를 키워 간다. 아지랑이가 새순을 해충으로부터 보호해 주고 그윽한 햇살이 푸른 꿈을 노래한다.

아지랑이는 새싹을 물방울로 감싸서 보호해 줘 해충이 갉아 먹지 못하게 한다. 참으로 대자연의 섭리가 오묘할 따름이다. 고운 봄비를 맞고 따사로운 봄볕을 품에 안으면서 한 잎 두 잎 내미는 희망의 푸른 싹은 힘들고 지친 모두에게 활력과 힘을 주었다.

연인들이 봄비를 맞으며 걸어가는 느림의 데이트도 비 때문에 낭만이 있어 보인다. 때로는 애벌레와 새들의 먹이가 되어 사라지기도 한다. 그러나 불평 한마디 없이 미소 지을 뿐이다. 새들의 보금자리로 봄볕의 놀이터로 부족함이 없는 봄나무이다.

들에 피어나는 자운영과 냉이 꽃이 어린이에게 신기함과 상상력을 키워 준다. 핑크빛 자운영이 논을 뒤덮고 개구리와 미꾸라지의 훌륭한 집이 된다. 물뱀이 지나가며 자운영 꽃을 뒤흔든다. 작은 논이지만 만물을 키워 가는 넉넉함이 부러워 보인다.

논두렁과 밭두렁에서 쑥이며 나물 캐는 여인들 마음에 인정과 사랑의 꽃이 피어난다. 알을 품은 봄 닭을 바라보면 세상은 사랑으로 넘치고 더욱 따뜻해진다. 새 생명이 성장해 감은 세상만물 중 으뜸의 사랑이 된다. 빈 들을 푸른 벼들로 가득 채우고 개구리와 우렁이의 안락한 보금자리를 만들어 준다.

요즘은 유기농법의 하나로 오리를 논에 방사하여 그들이 풀과 벌레를 잡아먹고 자라난다. 대자연의 이치를 부분적으로나마 느끼고 즐길 수 있는 조국이 아름답고 행복하다. 산야의 푸르러진 초목은 연인들이 새싹을 매만지면서 내일을 이야기하고 꿈꿀 수 있도록 생기를 불어넣어 준다.

대학시절의 어느 봄날 여학생과 교외 솔밭을 걸으면서 이야기를 나누고 냇가에서 발을 담그며 김밥으로 점심을 먹던 일이 생각나는 봄날이다. 솔향기 맡으며 낭만을 속삭이던 젊은 날이 아름다웠다.

봄날의 많고 많은 추억은 시간이 지날수록 더욱 아름다워진다. 낮 시간이 길어지는 여름날이 오면 작열하는 태양을 맞으면서 열심히 땅속의 물을 빨아들여서 잎을 키우고 꽃을 키워 간다. 초록의 물결이 산야를 휘어 감고 가쁜 숨결에 대지는 땀을 흘린다.

가끔씩 불어오는 들바람은 땀 흘려 일하는 사람의 땀을 식혀 주고 논둑의 버드나무는 그늘을 드리워 쉼터를 만들어 준다. 지나는 길손도 여름이 힘들기는 매한가지인데 그들까지도 배려하는 여름 나무 그늘이 고맙다.

나는 이 시간에 누구에게 고마움을 줄 수 있을까. 길섶 화단의 잡초를 뽑고 싶은 마음이 든다. 소나기와 폭염을 이겨 낸 나무는 줄기와 열매를 키우기에 여념이 없다. 튼튼하고 어엿하게 자라난 나무는 짙은 녹음을 만들어 자신의 영역을 넓혀 간다.

느티나무 아래로 마을 사람들을 불러 모아 동화와 전설의 이야기꽃을 피운다. 푸르른 위용도 잠깐인 듯 어느덧 성장을 멈춘다. 농장에서 막노동판에서 땀 흘려 일하는 사람에게서 땀을 앗아 가는 가을바람은 고맙기만 하다. 조석으로 소슬바람이 불어오면 형형색색의 단풍을 만들며 견실한 열매를 맺어 간다. 황금빛 들판의 벼들은 수확을 기다리며 풍년을 노래한다.

농부의 수고와 소망이 알알이 여물어 나눔의 여유를 준다. 그 옛날에는 풍년이 들면 장가를 보내고 집안의 잔치를 벌였다. 기쁨과 슬픔을 함께하던 공동체의 넉넉함이 풍요로웠던 우리 민족의 역사다.

가을의 결실은 열매를 떨어뜨려 번식을 하고 다람쥐, 멧돼지의 먹이가 되어 이들의 생명을 지켜 간다. 고운 잎을 떨어뜨려서 비단길을 만들어 행인의 발길을 지켜 준다. 피고 지는 낙엽의 모습을 생각할 때에 시간을 소중하게 활용해야 함을 절감시켜 준다. 앙상한 가지가 지난 시간을 그리워하며 흰 눈을 반기는 시간이 오고 있다.

역시 겨울은 눈이 있어야 재미가 있고 사연을 만들 수 있는 것 같다. 겨울이 오면 모두를 비우고 고고하게 찬바람과 슬픈 노래를 부르는 겨울나무가 사랑스럽다. 푸른 소나무며 향나무며 동백나무가 그러하다. 그렇게 외로워 보이지도 않는 겨울나무는 한 매듭의 성장통을 겪고 있다.

텅 빈 들판을 가로질러 질주하는 겨울바람이 정겨운 친구처럼 느껴지는 젊음의 패기와 혈기가 힘을 더해 준다. 나목은 다시 다가오는 봄날의 소망과 꿈이 있기에 외롭지 않고 설렘에 봄볕을 그린다.

지난해에 피어난 새싹이 아니고 새로운 새싹인데 사람들은 몰라보고 그저 새싹이라 한다. 사람이 대를 물려서 살아가듯이 나뭇잎도 피고 지며 항상 새롭게 살아간다.

새 시대의 요구를 알아서 변동하는 사회에 능동적으로 대처할 수 있는 지혜를 가져야 한다. (2009. 11. 27).

35. 겨울비 내리는 날

　겨울엔 흰 눈이 제격인데, 추적추적 겨울비가 내린다. 여름철의 소나기도 아니고 봄날의 가랑비도 아닌 힘없는 빗방울이 괜히 기분을 상하게 한다.

　기분이 우울해지고 세상이 어두컴컴해지는 것 같다. 지구온난화 문제로 지구촌이 몸살을 앓고 있어 겨울비가 더욱 걱정스럽다. 남태평양의 아름다운 섬이 침수 위기를 맞고 있다는 보도다. 인간의 편리를 위한 산업화와 과학화가 낳은 자연의 순리를 거역한 결과다.

　세계는 지금 탄산가스 줄이기 범지구운동을 전개하기에 바쁘다. 하나밖에 없는 지구를 살리기 위해서 자연 상태로 돌아가려는 지혜를 찾아 실천하여야 한다. 계절을 역류하는 겨울비가 싫기는 동네 강아지도 마찬가지이다.

　골목길을 마음껏 뛰어다니던 강아지는 자취를 감추고 집에서 비를 원망하고 있는 것 같다. 감나무 가지에서 이리 뛰고 저리 뛰며 노래를 쉬지 않는 참새와 텃새도 비를 피해 보이지 않는다.

　따뜻한 아랫목에서 배를 깔고 돋보기를 쓴 채로 책을 읽던 이웃집 아주머니는 겨울비를 반기는 것 같다. 외출을 막아 주는 자연적인 요소가 되기 때문이다. 봄비 같으면 반갑고 정겨울 텐데 하는 생각을 해 본다.

겨울비는 움츠린 채 활동을 자제시킨다. 겨울비 오는 날은 정다운 친구와 마시던 빈대떡에 소주 한잔이 그리워진다. 우중충한 분위기를 취기가 바꿔 주어 이야기꽃을 피울 수 있다.

옛날 어린 시절에는 이웃집 아저씨의 군대 이야기가 아이들의 귀를 모았다. 구수한 할머니의 호랑이 담배 피우던 이야기도 겨울비 오는 날이면 생각이 난다. 지난날의 희로애락을 이야기하다 보면 쉽게 한나절이 저문다.

때로는 이런 것이 위로가 되고 추억으로 남기도 한다. 봄비는 새싹을 틔우고 생명을 키우기에 사랑을 받는다. 같은 비인데 봄비와 겨울비는 어감부터 태생적으로 다른 것 같다.

봄비는 생명을 키우지만 겨울비는 얼음과 눈을 잉태하기 때문이다. 겨울비 내리는 밤이면 나는 빗소리를 들으면서 가슴 설레는 내일을 꿈꿀 수 있어 좋다.

매일매일 반복되는 일상이지만 눈을 뜨면 좋은 일이 있을 것 같은 예감과 기대감에 가슴 설렌다. 지금은 잠시 성장을 멈추고 있지만 다가오는 찬란한 봄날을 꿈꾸는 겨울나무는 생각만 해도 가슴 뛰게 만든다.

독서도 하고 사색도 하며 한가로운 시간을 즐기면서 내일을 키워 갈 수 있다. 먹을 것이 귀하고 문화시설이 없었던 옛날에는 안방 화롯불에 고구마와 밤을 구워 먹으면서 할머니의 구수한 옛날 이야기 듣길 무던히도 좋아했다.

달콤한 고구마 맛도 일품이었다. 모든 것이 귀하면 맛있고 소중한 것이다. 가끔은 친구가 외출을 요구하지만 정중히 거절하며 충실한 내 시간을 가지려 한다.

레인코트를 걸쳐 입고 걷는 일도 싫지 않지만 조용하고 차분하게 책을 읽는 것도 재미를 더해 준다. 움츠리지 않고 활발하게 겨울을 나는 지혜를 배워야 한다.

먹이를 찾아 헤매는 산토끼처럼 이곳저곳을 찾아가는 겨울 여행도 비 오는 날이 좋을 것 같다. 접어 두고 선인들의 문화유적을 감상하고 호젓하게 사색에 잠기는 일도 멋이 있다. 궂은 날은 관광객이 적어서 깊이 감상하고 생각하며 즐길 수 있기 때문이다.

겨울비는 사색과 침묵을 연상하기에 안성맞춤이다. 어떻게 보면 궁상맞지만 그래도 여유가 있어 좋다. 겨울눈과 겨울비가 다른 것은 눈은 기쁨과 순결의 감정을 주지만 겨울비는 우울과 슬픔을 키워 준다. 금년 겨울에는 눈사람도 만들고 높은 산도 찾아가 흰 눈을 만끽하고 싶다.

겨울비 내리는 밤이면 빗방울 떨어지는 소리를 들으면서 깊은 사색에 젖어 보는 낭만도 아름다운 일이다. 몇 잎 남지 않은 단풍잎을 흔들어 대는 마지막 겨울비가 생명의 끈질김을 시험하는 듯하다.

O. 헨리의 '마지막 잎새'라는 소설에서 폐병을 앓고 있는 존지가 자신의 입장에서 죽음과 같이 생각하는 절박성이 스쳐 간다. 마지막 생명의 끈을 끊으려는 겨울비가 원망스럽게 보인다. 사람의 일생도 이와 같이 집착하고 버리지 못하는 욕심이 문제인 것 같다. 겨울비는 마지막 잎사귀를 버리듯 욕심을 지워 가고 있다.

나목의 꿈만을 간직한 채로. 고산의 흰 눈 속에서 피어나는 에델

바이스의 꽃처럼 겨울비는 새로운 생명을 잉태하고 노래한다. 철 잊은 겨울비가 간직한 여러 사연을 생각하고 마지막 걸려 있는 한 잎의 단풍이 처량해 보인다.

자연도 사람같이 더불어 있을 때에 아름답고 넉넉해 보인다.(2009. 12. 3).

36. 정겨운 사람, 아름다운 사람

인정이 있어 사람들은 어려움도 극복하고 베풀며 함께 살아간다. 인정은 사랑을 실천할 수 있게 해 주는 원천이다. 우리는 인정 없는 사람을 매몰찬 사람이라며 가까이하려 하지 않는다. 인정이 많은 사람은 넉넉하고 포근해 보인다.

항상 같이 있어 이야기하려 한다. 인정 있는 사람만이 남을 베풀고 배려할 수 있다. 그리고 용서하고 포용할 수 있다. 어찌 보면 인정을 베풀다가 큰 손해를 보는 것 같지만 결국은 잘한 선택이며 현명한 판단임을 우리는 깨닫게 된다.

정이 깊은 사람은 넘치는 사랑으로 넉넉하게 살아갈 수 있다. 설령 돈이 없고 물질이 없어도 마음만은 부자이기 때문이다. 정이 넘치는 사람은 이웃도 진정으로 사랑할 수 있으며 공의를 위해서 희생할 수 있다.

정은 사람의 마음을 움직이게 하는 끈끈한 인연과 같다. 한민족의 넘치는 정은 대단하다. 자신은 굶어도 처음 본 나그네에게 식사를 대접했던 조상의 넉넉한 마음을 우리는 잊지 말아야 한다. 마음이 넉넉한 사람은 이해관계를 따지지 않고 약간 손해를 보아도 그냥 넘어간다.

돈 몇 푼 때문에 수십 년 쌓아온 인간관계를 단절하고, 심지어는 형제간의 우애마저 끊어 버리는 비정한 세상이 된 오늘이다. 배려하며 나누려는 마음을 가질 때에 정겨운 사람이 될 수 있다. 정겨운 사람은 상대방을 배려하고 소중한 물건과 마음을 함께 공유한다.

콩 한 쪽도 나눠 먹는다는 옛 속담의 의미를 되새기며 슬기를 실천해 가야 한다. 농경사회 때에는 지나가는 나그네에게, 과객에게 숙식을 제공하며 다정스런 이야기로 밤을 지새웠다. 마을의 애경사 시에 자신의 일처럼 발 벗고 나서서 서로를 돕고 위로하면서 살았다.

가진 것 없는 가난한 사람도 이러한 따뜻한 인정 때문에 살아갈 수 있었다. 사회복지제도가 없어 모든 일을 마을 공동체에서 스스로 해결해 갔던 것이다. 방물장수마저도 끼니를 때울 수가 있었다.

돈이 없어 물건을 사 주지 못함에 대한 미안한 마음에 식사를 대접했다. 돌아가신 할머니도 새우젓장수나 방물장수에게 고구마며, 막걸리며, 먹을 것을 대접했다. 어찌 내 집에 온 사람을 그냥 보낼 수 있냐는 논리다.

성씨만 같아도 처음 본 사람에게 족보와 촌수를 따져서 서열을 정하고 정중하게 대접했던 민족이다. 정이 넘치는 아름다운 사회가 최근에 와서 사라지기 시작했다. 돈 때문에 살인을 하고 몇 십 년 이어 온 끈끈한 우정을 하루아침에 저버리고 형제간에 의절하는 세상이 됐다.

참으로 안타까운 일이다. 물화사상이 만연하고 지나친 이기주의 때문이다. 물질에 대한 공유가치를 존중해 가며 살아갈 때에 사회는 아름다워진다. 물질에 대한 욕심과 집착을 버리고 형이상학적인 삶을 살아가려 노력하여야 한다.

학생도 항상 미소를 지으며 상냥하게 고분고분 순종하는 모습이 아름답다. 해박한 지식으로 열띤 토론을 하여 교수를 당황스럽게 만드는 현명한 학생이 사랑스럽다.

분명히 거만과 겸손함을 분별할 줄 알고 행동하는 떳떳한 젊은 이가 보기 좋다. 넘치는 젊음을 무기 삼아 성실하게 열심히 살아가는 학생을 보면 기분이 매우 좋아 미래가 긍정적으로 보인다. 항상 남에게 못 줘서 아쉬워하는 노인의 정이 우리 사회를 따뜻하게 만들어 간다. 때가 되면 정성스럽게 식사를 대접하고 차를 권하는 마음이 퍽이나 아름답다.

입가에 미소를 지으며 사소한 일에도 고마움과 감사의 언어를 뿌리며 고상하게 살아가야 한다. 하찮은 미물의 움직임마저도 고맙게 생각한다. 범사에 감사하며 일상을 즐겁고 넉넉하게 살아가려는 사람들의 땀 흘림이 더없이 소중한 세상이 살기 좋은 세상이다.

아름다운 사람은 불쾌하고 상스런 단어를 사용하지 않는다. 조금 손해를 보아도 웃으며 넘어가고 억울하게 생각하지 않는다. 이는 남을 이해하고 배려하는 마음을 가졌기 때문이다. 정겨운 사람은 진심으로 반가워하고 포용하며 즐거워한다.

어두움과 불쾌함을 찾아볼 수 없으며 오직 넉넉함만 있을 뿐이다. 폐지를 주워 근근하게 생계를 꾸려 가는 노인에게 집사람이 철 지나거나 입지 않는 옷을 깨끗한 연분홍 보자기에 싸 주었다.

어느 날 할아버지가 보자기 하나 더 얻을 수 없냐고 하기에 얼른 두 개를 더 주었다. 손녀가 두 명인데 먼저 얻어 간 보자기를 언니에게 주었더니 동생이 달라고 하더라면서 이야기한다. 하찮은 보자기가 이렇게 요긴하고 소중하게 쓰이는 줄 몰랐다.

자신에게는 작고 하찮아서 필요가 없는 물건이 다른 사람에게는 아주 소중할 수 있다는 사실을 항상 잊지 말아야 한다. 우리는 주변에 조금만 관심을 가져도 타인을 즐겁게 해 줄 수 있으며 도울 수 있다는 사실을 망각하지 말아야 한다.

김춘수 노시인은 여인은 꽃으로라도 때리지 말라고 했다. 여인뿐만 아니라 모든 사람이 사랑 넘치는 생각과 행동을 한다면 폭력은 사라질 것이다. 사랑은 꽃보다 아름다운 것으로 인간이 지향하는 최고 가치가 되어야 한다. 미래에 다가올 위기도 인간의 진정한 사랑으로 극복해 갈 수 있다.

진정한 아름다움은 내재된 타인지향적인 배려의 마음을 실천해 가는 데 있다. 길가에서 담배꽁초나 휴지를 보면 입가에 미소를 머금고 기꺼이 주워서 쓰레기통에 버린다. 무거운 짐을 힘들게 들고 가는 사람을 보면 얼른 뛰어가 '제가 도와 드릴게요.' 하며 들어 준다.

매사에 솔선수범하며 헌신적으로 기쁘게 타인을 위해서 도와주는 사람이 정말로 아름다운 사람이다. 아름다운 사람이 많을수록 우리 사회는 행복해질 수 있다. 정이 넘쳐 아름다워진다면 금상첨화 격이다.

자본주의의 구조적 모순과 빈익빈 부익부의 사회문제도 정과 아름다운 마음으로 극복해 갈 수 있다. 공동체 삶의 지혜가 어느 때보다도 절실한 때이다.

우리 함께하면서 삭막한 세상에 한 송이 꽃이 되어 행복해지자.(2009. 12. 11).

겨울에 피는 꽃은 왠지 추워 보이고 정감이 덜 간다. 겨울꽃이라는 어감이 동정이 가고 시절을 놓친 아쉬움 같은 마음을 들게 한다. 역시 꽃은 봄에 피어나야 제격이다.

채송화며 봉선화가 얼마나 곱고 아름다운가. 복숭아 과수원의 떼지어 출렁이는 도화도 정겹고 아름답다. 무릉도원이란 표현이 정말 아름답다. 넝쿨을 타고 올라가면서 아침에 피어나고 낮에는 지고 마는 나팔꽃도 봄에 피어나기에 더욱 사랑을 받는다.

아침햇살 먹으며 약동하는 생명의 신비를 노래로 피어나는 것이 봄꽃이다. 초등학교 3학년 어느 봄날 화단에다 나팔꽃을 심고 정성스레 물을 주어 줄기가 가는 철사를 타고 지붕으로 올라가며 연분홍색 꽃을 피우던 그 아름답고 감동스런 기억을 잊을 수 없다.

꽃씨가 싹을 틔우고 자라서 꽃을 피워 가듯이 사람도 성장과정에 따라서 알맞게 행동하여야 한다. 어린아이가 어른처럼 행동하거나 어른이 어린아이처럼 행동하면 이상하다.

만물이 본질을 상실하지 않고 존재해야 하는 이유다. 사람은 항상 품위와 고매한 인격을 유지하려 일일삼성 하는 자세로 살아가야 한다. 자기를 반성하고 남을 칭찬하기란 쉬운 일이 아니다. 수양을 통해서 삶의 방식을 익혀 가야 한다.

아름다운 꽃에 눈길을 주고 좋아하는 사람이 진정으로 꽃을 감상할 수 있듯이 자신의 언행을 평가하면서 수양하는 노력이 필요하다. 낮춤과 겸손함의 미덕을 키워 주위 사람을 기쁘게 해 주는 일에 부지런해야 한다.

거만과 높임의 자세는 비난과 외면을 자초할 뿐이다. 인격을 도야하고 다양한 사회문제를 해결해 갈 수 있는 중요한 덕목이 겸손임을 알아야 한다.

겸양지덕의 언행이 어느 때보다 절실한 때이다. 겸손하고 예의 바른 사람에게는 적이 있을 수 없다. 금년 들어 제법 겨울 같은 기분을 느끼게 하는 쌀쌀한 날씨다. 좁은 공간이지만 우리 집은 정원이 있고 나무가 있어 항상 고맙게 생각한다. 뜰을 서성이면 2미터가량 자란 울안의 동백꽃이 봉긋이 꽃망울을 내민 것을 볼 수 있다.

어림잡아 오십여 송이는 되어 보인다. 1미터가량 떨어진 옆에 있는 50㎝가량의 동백나무도 꽃망울 몇 개를 매달고 있다. 수십 개의 꽃봉오리가 조금씩 커 가는 모습을 보니 기분이 아름다워진다. 동백꽃은 우리 민족의 애환을 함께해 온 꽃이기에 이를 소재로 한 노래와 이야기가 많다.

솜털을 덮어쓰고 흰 눈 속에서 피어나는 에델바이스가 귀한 것은 인고의 시간을 사랑하며 그것을 꽃으로 승화시켰기 때문이다. 겨울에 피어나는 대부분의 꽃에 인고라는 수식어를 붙이는 이유가 혹한의 고통을 이겨 낸 결과다.

말만 들어도 호감이 가는 꽃이 인동초이다. 꽃을 좋아하는 사람은 담쟁이덩굴처럼 꽃이 핀 인동초를 관상용으로 키운다. 인동은 겨울을 견딘다는 뜻이다.

인동초는 겨울을 나는 덩굴식물로 아름다운 꽃을 피우려 잎을 떨어뜨리지 않고 사시사철을 매달고 있다. 민간요법으로 이용하는 인동초는 모진 겨울을 얇은 잎 몇 개로 견디며 참는 장한 뜻이 있는 약초다.

한겨울의 눈보라에도 견디는 엄혹한 겨울 추위를 이겨 내고 살아난 인동초가 해독제 등의 귀한 약재로도 쓰인다. 추운 겨울을 이겨 내며 아름다운 꽃을 피우기 때문에 사랑을 받고 시련을 극복한 사람을 이에 비유한다.

사람도 역경과 고통을 이기고 정상에 오른 사람을 높게 평가한다. 가난과 질병을 극복하고 공부하여 성공한 사람, 목숨을 걸고 세계의 지붕에 오른 등산가의 투지를 높게 평가하는 이유다. 안방에 들여놓은 개발선인장이 꽃잎을 하나씩 열어 간다. 두 개의 꽃대가 나날이 커 가며 꽃잎을 피우려 한다. 마치 비상하는 호랑나비와 같다.

생명이 넘치는 싱싱한 분홍 꽃대가 동장군을 잊게 해 준다. 개발선인장 꽃은 30일 정도 붉게 피어나 우리를 반기며 환하게 웃는다. 이층 거실에 들여놓은 변경초도 주황색 꽃대를 내민다. 번식이 제일 잘되어서 사랑받지 못하는 변경초가 꽃을 피우니 고마울 따름이다.

끈질긴 종족보전의 법칙을 보는 것 같다. 줄기에서 뿌리 달린 종묘가 땅에 떨어지면 새로운 한 포기가 되어 자라난다. 아무 곳에나 떨어져도 뿌리를 내리고 자라나는 모습이 대단하다. 돌 틈에서도 시멘트 옥상에서도 잘 자라난다.

생명력의 끈질김이 변경초만 하겠는가. 제라늄도 붉은색 꽃을 잊지 않는다. 사시사철 피고 지고는 제라늄이 겨울꽃으로 돋보인다. 일 년 내내 쉼 없이 피고 지는 꽃이다. 꽃에 향기가 없고 대신 잎에서 향기가 나는 특성이 있다. 겨울철에도 우리 집에는 실외와 실내에서 몇 가지의 꽃을 볼 수 있음이 다행스럽다.

물론 거실에 있는 철을 잊은 꽃보다는 정원에 있는 추위를 이겨 내고 피어나는 생생한 꽃이 더욱 아름답고 소중하다. 사람도 고난과 역경을 이겨 낸 성공한 사람이 감동을 주는 것과 같다. 몸에 병이 들도록 악착스럽게 일을 해서 돈을 모아 죽을 때에 대학이나 장학기금으로 기증하는 노인이 얼마나 아름다운가.

겨울꽃 같은 선행이 있어 그래도 세상을 살맛 나게 해 준다. 가난에서 피어나는 기부는 쓰레기통에서 장미꽃을 피우는 것보다 더 아름다운 일이다.

세상이 꽁꽁 얼어붙은 대지에서 피어나는 겨울꽃이 신선하고 아름다운 것은 추위에 다른 꽃이 필 수 없는데 피어나는 독특함 때문이다. (2009. 12. 13).

38. 유성온천

　내 고향 대전은 유성온천이 있어 커다란 혜택을 본다. 초등학교 시절부터 온천을 이용해 왔다. 그때는 유성이 대전시가 아니라 대덕군에 속해 있었다. 시내버스도 없던 시절이어서 8㎞나 되는 거리를 걸어 다녀야 했다.

　일 년에 한두 번 명절 때나 목욕을 했던 때이다. 재를 넘고 내를 건너 허름한 군인휴양소에서 목욕을 했다. 이것이 나와의 유성온천과의 인연의 시작이다.

　그 후 성인이 되어 시간이 날 때마다 온천을 즐겨 찾았다. 휴식 공간으로 시간이 날 때마다 온천을 찾아 온천탕에 몸을 담그고 지그시 눈을 감으며 여유를 즐기는 시간이 좋다. 무더운 삼복지간에도 온천을 즐긴다.

　이열치열이라는 말을 실감해 보기도 했다. 온천에서 땀을 흘리고 바깥에 나오는 순간 그렇게 시원할 수가 없다. 평소에는 찌는 무더위에 어쩔 줄 몰랐는데 흘린 땀 덕분인가 보다. 고생 끝에 낙이 온다는 옛말이 이런 기분일 거다. 목욕 후 시원한 생맥주를 한잔 마시는 기분도 상쾌하다.

　　요즘은 길가의 작은 공원에 노천탕을 만들어서 지나는 사람이 손쉽게 실외온천에 발을 담글 수 있다. 노천탕에서 발을 담그고 이야기하며 한가한 시간을 보내는 일도 넉넉해서 좋아 보인다.

　　처음 보는 사람들이 저마다 사연을 안고 재잘대며 수다 떠는 모습은 우리네 사람들의 살아가는 모습이기도 하다. 지금은 다양한 이벤트를 개발하여 온천을 활용한다.

　　온천은 철 따라 재미가 있다. 봄날이면 느른하고 지친 몸에 활력을 준다. 여름에는 무더위에 지쳐 있는 심신의 피로를 풀어 주고 이열치열의 기쁨을 준다. 특히 눈 내린 것 같은 이팝나무가 꽃 피는 6월에는 구청에서 눈 축제를 개최한다.

　　여름밤에 시원한 생맥주 축제를 온천 야외 잔디밭에서 개최하는데 노래와 선율이 곱고 아름답다. 낙엽 지는 가을에는 등산을 하거나, 운동하고 흘린 땀을 씻어 주는 곳이 온천이다. 겨울엔 추위를 물리치고 따스한 마음을 갖도록 해 준다.

　　오늘의 유성은 휴식 관관지역으로 다양한 회의와 외지의 많은 사람들이 모이는 명소로 변했다. 유성온천은 지리적 이점과 주변 여건이 그 어느 곳에 비해서 월등한 곳이다. 유성온천은 유서 깊은 만큼 전설도 있다. 백제말엽에 4대독자가 신라와의 전쟁에 참가했다가 다리에 큰 부상을 입고 집에 돌아왔으나 마땅한 치료방법이 없어서 고민하고 있던 어머니가 하얗게 눈 쌓인 논 가운데에서 날개를 다친 학 한 마리가 상처 난 날개에 온천수를 바르는 것을 보고 아들을 온천수로 닦아 주니 다친 다리가 완치되었다는 이야기다.

　　온천은 다양한 성분이 있어 상처 치료에 효과가 있음을 전해 오고 있다. 유성은 오랫동안 그린벨트로 묶어 있었고 또는 절대농지로 지정되어 도로를 기준으로 오른쪽은 개발이 허용되고 왼쪽은 개발이 정지되었다.

30년 전만 해도 청양 산골의 논 한 평 값과 유성 논 한 평 값이 같았다. 그때에 청양에 사는 농민이 청양의 논을 팔아서 유성에 땅을 사 놓은 사람은 지금은 돈방석에 앉게 되었다. 개발의 폭풍을 잘 알고 있는 유성은 참으로 많은 사람들의 사연을 가꿔 가고 있다.

숱한 사람들이 갑천변을 거닐면서 나눈 이야기는 오늘도 허공을 맴돌며 지난 시간을 그리워한다. 유성은 국토의 중심에 위치해 있어 경부 · 호남선 철도와 유성, 대덕 밸리 I.C., 국도, 청주공항 등 전국 어느 곳에서도 쉽고 편리하게 찾을 수 있어 사람들이 몰린다. 유성 주변에는 국립공원 계룡산이 가까이 있고 엑스포 과학공원과 대덕연구단지가 있어 볼거리가 풍족하다. 계룡산을 등산하거나 엑스포 과학공원을 견학하며 거니는 일도 여유 있고 흥미롭다. 역사의 도시 공주도 쉽게 갈 수 있는 곳으로서 문화유적 관광도 만끽할 수 있는 휴양도시로 면모를 갖추고 있다. 무열왕릉과 박물관을 찾아 백제의 숨결을 느껴 보며 한 많은 역사를 되새겨 보는 일도 보람 있다.

온천공원, 국립대전현충원, 수통골 유원지, 유성컨트리클럽, 수운교본부가 있어 관광의 가치를 더해 준다. 천지에 널려 있는 토식음식점과 숙박시설은 머무는 사람들의 기분을 만족시켜 주기에 충분하다. 관광지가 되다 보니 유흥가의 탈선이 일어나기도 하지만 비교적 조용하고 넉넉한 휴양지다.

나는 주로 국군휴양소 자리에 위치한 계룡 스파텔 지하 사우나를 자주 찾는다. 70년대 말 내가 군대생활 하던 3관구사령부와 깊은 관계가 있는 곳이기 때문이다.

이곳은 사령부의 사령관, 부사령관, 참모장 등 주요 지휘관 숙소가 있었고 연못에는 금붕어가 놀았던 곳이다. 외지손님을 안내하고 자주 드나들던 곳이어서 추억의 자취가 아직 선명하게 남아 있다. 속설에는 이곳만이 오리지널 유황 온천이라 한다.

지금은 탕 안에는 한방사우나와 황토사우나가 있고 보통 탕과 냉탕, 허브탕, 루이보스탕의 네 개의 탕이 있다. 각자의 취향과 원하는 효능에 따라서 탕을 선택한다.

내가 즐겨 찾는 탕은 허브탕이다. 연녹색 온천에 몸을 담그면 마음 또한 젊어지는 기분이다. 심신을 갈고닦는 일은 어려운 일이며 다양한 방법이 있는데 나는 온천을 하나의 방법으로 선택했다. 잘한 것 같다는 생각이 든다. (2009. 12. 26).

39. 바다의 출국

　영국 옥스퍼드에서 영어 공부하는 둘째 아들이 방학기간에 집에 왔다. 10개월의 옥스퍼드 생활 속에 틈틈이 유럽 여행을 하면서 견문을 넓혔다고 한다. 매사를 알아서 계획하고 실천하는 아들이기에 어디를 가도 마음이 놓인다.

　지난여름에는 어머니를 초청해서 유럽 여행을 한 달 동안 하였다. 여행 지역의 사정을 파악하고 숙소를 예약하고 지도를 보면서 로마 시가지를 비롯해서 여러 곳을 찾아다녔다는 바다의 철저함과 꼼꼼함이 대견스럽다.

　아침 다섯 시에 일어나 대덕단지에 있는 업체에서 보름간 의무 실습을 하고 영어수준급 테스트도 하였다. 물론 친구도 만나고 했지만 알차게 생활하는 막내아들이 대견스럽다.

　175㎝의 훤칠한 키에 믿음직스런 청년이다. 보름간의 휴가를 지내고 옥스퍼드를 향해 오늘 새벽 3시 공항버스로 집을 떠났다. 흰 눈이 살짝 길을 뒤덮은 도로를 달려 정부청사 승강장까지 배웅을 했다. 바다는 극구 말리면서 집에 계시라고 한다. 항상 부모를 걱정하고 생각하는 바다의 마음이 곱다.

아직도 수줍어하며 얼굴을 붉힐 줄 아는 청순함이 충만하다. 바다는 이제 하룻밤이 지나면 스물여섯 살이 된다. 이제 아빠를 보호하려 하는 마음을 종종 발견할 수 있다. 성장의 행태이고 기쁨인가 보다. 곱게 자라 온 바다가 항상 고맙고 자랑스럽다.

바다는 할아버지, 할머니의 사랑을 듬뿍 받으며 부모와 같이 성장했다. 유치원에 다닐 때에 할아버지가 매일 아침마다 5백 원짜리 동전을 하나씩 주셨다. 단 백 원도 쓰지 않고 동네 새마을금고에다 저금을 매일매일 하였다. 여직원이 귀여워서 바나나 한 개를 주면 먹지 않고 집까지 가져왔다.

아이스크림을 사 먹으라고 천 원을 주면 슈퍼에 갔다 다시 돌아온다. 왜 안 사 왔냐고 물으면 너무 비싸서 안 샀다고 말한다. 어릴 때부터 돈을 아끼고 절약하는 생활을 스스로 깨달은 것이다. 누구 하나 돈에 대하여 이야기해 준 사람이 없다.

초등학교 3학년 때에는 학교 앞 붕어빵 장수의 물 떠 오는 심부름을 해 주고 붕어빵 하나를 얻어먹었다. 이것이 바다의 최초 아르바이트이다. 어느 날은 미술학원에서 바다를 찾는 전화가 왔다. 이유를 물은즉 선전용 광고지를 돌린다고 해서란다. 바다는 다른 사람처럼 안 돌리거나 거짓말을 할 줄 모르니까 일을 시킬 마음이었던 것 같다.

항상 돈의 소중함을 알고 절약해서 알뜰하게 쓰는 모습이 대견스럽다. 용돈을 넉넉하게 주어도 함부로 쓰지 않는다. 신용카드를 주면서 쓰고 싶은 것에 쓰라고 해도 쓰지 않는다. 꼭 필요한 것만을 살 뿐이다.

영국에서 어머니 생일을 맞이한 바다는 대전에 있는 여자 친구에게 부탁하여 저녁에 케이크와 장미꽃 한 다발을 보냈다. 마치 부모가 꼼꼼하게 자식 챙기듯이 부모를 생각하고 섬기는 마음이 참으로 고맙다.

우주항공학과를 다니면서 취업에 따른 준비를 하기 위해 영국에서 어학을 연수 중이다. 장학생의 위치를 한 번도 양보하지 않은 아들이다. 항상 스스로 내일을 생각하고 준비하는 모습이 자랑스럽다. 나는 바다에게 어떤 사람으로 비쳤는지를 가끔 생각하며 언행을 조심하려 한다.

워즈워스의 시처럼 어린이는 어른의 아버지인 것 같다는 생각을 해 본다. 2층에 텅 빈 바다의 방을 찾을 때 엄습해 오는 그리움은 부자간의 정인지 모른다. 컴퓨터게임을 하는 모습을 볼 때에 싫은 내색을 하고 잔소리를 한 것이 마음에 걸린다. 돌이켜보면 바다와 함께 만든 추억이 많지 않다.

전북 무주 구천동 계곡으로 가족끼리 피서를 가서 며칠 보낸 일이 생각난다. 아마 초등학교 5학년쯤 되었을 때로 기억된다. 물이 차가워 발을 담그기가 부담스러웠다. 개울가의 물속을 걸으면서 유회하는 고기를 보고 즐거워했다.

친구가 제공한 게스트 룸에서 식사를 같이 하며 이런저런 이야기가 재미있었다. 중학교 때에 일본에 학생 20명과 같이 간 일이 있다. 단체생활이고 내가 인솔책임자가 되다 보니 단둘이 시간을 갖기가 어려웠다.

이때도 책임자인 나를 비난하는 이야기를 단원 한 사람이 하니까 바다가 아빠한테 직접 하라면서 항의를 했다는 이야기를 들었던 기억이 난다.

3년 전 내가 병원에 입원했을 때에 보호자 쪽 침대에서 눈을 붙이면서 나를 돌봐 주던 바다였다. 쏟아지는 잠을 쫓으며 아빠를 염려하는 마음이 갸륵하다.

생각할수록 고맙고 정다운 아들이다. 이제 여자 친구가 생기니 아빠보다 여자 친구와 보내는 것이 좋아 함께할 시간이 너무 없다. 요리책을 뒤지고 엄마한테 물어서 케이크를 만들어 여자 친구에게 선물하기를 즐겨 한다.

가끔은 나에게 케이크 한 쪽을 주기도 한다. 이제 아빠보다 여자 친구가 더 소중한 나이가 된 것 같다. 작년에 형과 함께 러시아 블라디보스토크와 우수리스크 여행을 보름간 하였다. 자신이 다 알아서 가 볼 곳을 찾아다니는 모습을 보니 이제 걱정의 주머니를 놓아야 되겠다는 생각이 든다.

틈틈이 아빠를 챙기고 염려하는 마음을 발견할 때면 가슴이 찡하게 저려 온다. 바다는 군 생활을 대학학군단에서 사병으로 근무했는데 식당과 거리가 멀어서 숙소에서 취사를 하면서 생활했다. 요리를 만들다가 모르면 시외전화를 걸어 엄마한테 요리법을 묻곤 했는데 이것이 이제 요리솜씨가 수준급이 되게 한 원인이다.

부자지간에도 아름다운 추억을 공유하고 있어야 후일 이야깃거리가 되고 정이 깊어지기 마련이다. 눈과 함께 왔다 눈과 함께 사라지는 동화 속 얼음나라 이야기 같은 추억을 많이 만들어 가는 일이 필요하다.

앞으로 어떤 추억을 어떻게 만들어야 할지 고민해 봐야겠다. 여행을 통한 새로운 풍경도 추억이 될 것이고 맛있는 음식을 먹거나 만드는 체험도 추억이 될 것이다.

　해외 나들이도 잊지 못할 추억으로 자리 잡을 것이다. 나는 바다가 보고 싶을 때에 이메일을 보낸다. 그러나 회신 없음을 원망하지 않으려 한다.

　요즘 젊은이들의 문화로 접근해야 되니까. 세대 차와 가치관 차이를 극복하려 노력하지만 그것이 뜻대로 되지 않는다. 믿음직스런 한국의 젊은이로 성장한 바다가 국가와 사회를 위해서 동량이 되어 달라고 나는 매일 기도를 한다.

　기도의 소망이 자신의 노력과 하나님의 사랑으로 이루어지리라 확신함도 바다의 성실함 때문이다. (2009. 12. 30).

40. 경인년 새 아침에

2010년 1월 1일은 나에게 큰 의미를 주는 날이다. 나는 경인년생으로 다섯 번째의 범띠 해를 맞이한다. 금년은 60년 만에 돌아오는 백호랑이띠로 내가 태어난 백호랑이띠이기 때문에 더 뜻이 깊다.

백호랑이는 예로부터 산신령으로 묘사되어 신성하게 여겨 온 영물이다. 백호는 주작, 현무, 청룡, 백호로 구성된 사신 중 유일하게 실제 동물로 서쪽과 가을수호를 담당하고 있다. 황호랑이는 단독생활을 하지만 백호랑이는 집단행동을 한다.

함께하는 슬기로움을 알고 있는 것 같다. 21세기는 다양성 시대로 타인의 의견을 존중하며 이해하고 더불어 살아가는 지혜가 절실하게 요구된다. 포효하는 소리는 산중의 모든 짐승을 떨게 하고 가랑잎마저 숨을 죽이게 한다.

심산유곡을 어슬렁거리며 야광처럼 눈빛을 반짝인다는 호랑이다. 호랑이는 용맹을 나타내는 우리 민족의 이야기 속에 살아온 친근한 동물로 사람의 추앙을 받아 왔다. 경이로운 백호랑이띠 덕분에 출산율이 증가할 거라는 기대를 모으고 있다.

세계에서 인구성장률이 최하위인 우리나라에는 희소식의 해가

되어야 한다. 다산의 소망이 이루어지길 기대해 본다. 팥죽 할머니
와 호랑이는 어릴 적에 누구나 들어 온 이야기다. 그만큼 우리에게
친숙하고 신선한 동물이다.

용맹함과 신성함의 상징인 호랑이띠를 여섯 번째 맞이한다. 육갑
을 다섯 번째 맞이하니 감회가 깊다. 그간 살아온 육십 년의 시간
이 때로는 아름다웠고 보람찼으며 때로는 기억하기 싫을 정도로
후회스런 일도 있다. 그러나 모두 되돌아올 수 없는 시간이기에 그
리워진다.

제자들을 가르치고 함께 웃으며 뛰놀던 일, 상을 받거나 회장으로
추대되거나 남에게서 고마움과 칭찬의 소리를 들을 때, 재산을 모아
부동산을 매입하거나 소중한 시간들을 이루어 갈 때가 있었다.

지금 생각하면 모두가 소중하고 아름다운 시간들이다. 수많은 군
중 앞에서 사자후를 토하던 일도 새롭게 생각난다. 그야말로 다사
다난한 시간들 속에 어렵고 힘든 이웃들에게 얼마나 베풀었나를
생각해 본다. 그래도 항상 잊지 않고 노력하면서 살아온 것은 잘한
일이다.

나는 때로는 학생들에게 개인적으로 만나면 나를 막내 오빠라고
부르면 어떻겠냐고 하면 학생은 한참을 생각하다 고개를 내젓는다.
자신의 아버지보다 열 살을 더 먹었기 때문이다.

흐르는 세월만큼 성숙해지는 것이 젊게 살며 보람차게 사는 것
인가 보다. 보람과 기쁨을 추구하며 타인지향적인 사고와 가치를
갖고 설렘 속에 육십 성상을 살아왔다.

고맙고 다행스런 일이다. 나는 시월 열나흘 새벽 한 시에 이 세
상에 나왔다. 먹이를 찾아 심산을 호령하는 호랑이 같은 팔자라고

종종 할머니께서 말씀하셨다. 호랑이는 낮에는 잠을 자고 밤에만 활동하기 때문이다.

나는 이 때문인지 무던히도 전국을 헤매며 열심히 다니면서 활동했다. 학창시절에는 4-H클럽 활동을 열심히 하였다. 대전시, 충청남도 연합회장, 중앙연합회부회장을 맡으면서 전국을 누비고 다녔다.

지금도 충청남도의 16개 시, 군의 중요한 곳은 아름다운 추억이 묻어 있는 곳이다. 서천, 청양, 홍성, 서산 등지를 가면 최소한 1박 2일이 소요되었다. 교통이 불편하여 뿌연 먼지를 뒤집어쓰고 여섯 시간은 보통으로 버스를 타야 했었다.

서천군의 비인면 선도리 해수욕장에서의 캠프와 방문활동은 정말로 아름다웠다. 은모래 바닷가를 하염없이 걸으면서 수많은 상념을 뇌이던 기억이 새롭다.

함께 걸으며 나눴던 이야기도 해변의 모래알은 알고 있을 것이다. 회의, 강의, 관광 등으로 부지런히 다녔다. 제주도 새마을지도자 3백여 명을 바닷가에 모아 놓고 열강을 하며 박수갈채를 받던 일도 즐거웠다.

내일의 가능성과 비전을 제시하면 모든 사람이 공감하기 마련이다. 힘들고 불평불만의 현실을 극복할 수 있는 대안을 제시하고 희망의 메시지를 전달하였다.

강의와 마찬가지로 일상생활도 주변사람에게 동감을 주며 살아가야 한다. 누구나 그러하듯이 나도 새해를 맞으며 수많은 다짐과 계획을 세웠으나 실천과 결과는 매우 미진했다. 금년은 환갑의 첫 아침을 맞아서 실천의 의미를 깊이 생각해 본다.

만개한 장미꽃 같은 향기를 풍기면서 주변 사람에게 기쁨을 주고 자신의 존재가치를 이뤄 가는 시간을 가꿔 가야 한다. 수억만 년을 변함없이 뜨고 지는 태양이지만 사람들은 새해 아침은 희망이고 사랑이라고 법석을 떤다.

각 지자체에서와 단체에서는 해맞이 행사를 하고 교회에서는 송구영신 예배를 해를 바꿔 가며 드린다. 변함없는 태양을 바라보고 미래를 꿈꾸며 가슴 설레는 마음으로 금년에도 더 많은 일을 해야 한다.

책을 쓸 때는 독자를 먼저 생각하고 말을 할 때에는 듣는 사람을 헤아리는 현명함을 잊지 않도록 노력하여야 한다. 금년은 배려와 사랑을 화두 삼아 삶을 이끌어 가리라.

사회는 구성원의 수준이 함께 향상돼야 자신도 그만큼 향상됨을 알아야 한다. 더불어 풍요로워지고 행복해지기 위해서 자신의 성실한 역할을 충실히 이행함이 무엇보다 중요하다.

제자를 대할 때에 좀 더 사랑과 진지함을 나누고 희망과 활력을 불어넣어 주기 위해 최선을 다할 것이다. (2010. 1. 1).

41. 첫 만남

　사람은 처음 만남이 매우 중요하다. 첫 만남은 첫눈같이 설레고 아름다워야 한다. 순수하고 저의가 없으며 맑고 밝은 만남이어야 한다. 일생을 첫 만남 같은 기분으로 살아간다면 행복할 것이다. 맞선을 보는 처녀 마음처럼 진실과 기대로 가득 차 있어야 한다. 만날 때에 가슴 설레고 헤어질 때에 눈물 흘리는 정겨운 사람과의 관계가 이루어져야 한다.

　처음 만난 스승과의 인연이 인생을 바꿔 놓는 계기가 된 사람이 많다. 스승의 말 한마디와 인격은 삶의 지표가 되어 생활을 변화시켜 준다. 변화된 생활이 완전히 다른 인생길을 살아가게 해 준다.

　모범적인 언행과 자각할 수 있는 계기를 준 스승은 평생의 은인이 된다. 심지어는 생을 포기하려는 사람에게 용기와 삶의 방법을 제공해 주어 새 삶을 꾸려 행복하게 살아가는 사람을 볼 수 있다. 곤경에 빠진 사람에게 새 길라잡이가 될 수 있는 멘토 역할이 중요하다.

　선배와의 만남을 통해서 들은 말 한마디가 평생 삶의 지표가 되어 성공의 길을 가면서 행복하게 살아가는 사람들이 있다. 처음 소리가 들어가면 청순하고 진실한 마음이 들며 설렘과 기대를 생각하게 된다.

처음 피는 꽃송이가 얼마나 아름다운가. 씨앗을 심어 첫 순을 내미는 생명력의 모습이 얼마나 싱그러운가. 첫서리 맞고 피어나는 들국화가 청순해 보이는 것은 신선함과 고상함에 있다. 농부가 처음으로 비닐하우스를 짓고 딸기를 심어서 추운 겨울날 빨간 딸기를 수확할 때에 얻는 기쁨은 무엇으로 표현할 수 없을 것이다.

5대독자가 아들을 봐서 대를 이었다고 기뻐했던 조선시대의 선조들의 기쁨을 상상해 보아라. 칠월칠석에 견우와 직녀가 1년에 한 번 만나게 된다는 설화도 재미있는 만남의 이야기이다. 칠월칠석이 되면 견우성과 직녀성이 가까워지는 자연현상의 관찰에서 생긴 듯하다.

동양에 널리 알려진 설화로 우리나라에서도 전해 내려오고 있다. 409년 축조된 평양 덕흥리 고구려 고분벽화에 은하수를 가운데 두고 앞에는 견우, 뒤에는 직녀가 그려져 있다. 직녀는 옥황상제의 손녀로 목동인 견우와 혼인했다.

이들은 결혼한 뒤 자신의 의무를 게을리하여 옥황상제의 노여움을 샀다. 옥황상제는 그 벌로 두 사람을 떨어져 살게 하고 1년에 한 번만 만날 수 있게 했다. 그러나 은하수가 그들을 가로막아 만날 수 없게 되자, 까마귀와 까치들이 머리를 맞대어 다리를 놓아주었다고 해서 오작교라고 한다.

이날 내리는 칠석우는 견우와 직녀가 기뻐서 흘리는 눈물이라는 이야기다. 만남의 가치도 시대와 여건에 따라서 달라지기 마련인가 보다.

오늘의 만남은 미래지향적이고 진취적이며 적극적이고 창조적인 사람과 만남을 통할 때에 무한한 가능성을 실현할 수 있다. 선한 만남을 통해서 행복을 창조하고 삶의 가치를 높여 가야 한다. 의리가 없는 사람과는 인연을 맺지 말아야 한다. 그래야 후회와 슬픔이 없다.

시인과 만나면 시를 배우고 논하게 된다. 잡놈과 만나면 잡지랄 하는 못된 법을 배우고 경험하게 된다. 항상 남에게 도움이 되고 용기와 지혜를 주는 만남을 이뤄 가야 한다. 실연과 절망에 처해 있을 때에 새로운 힘과 용기를 줄 수 있는 사람과의 만남을 통해서 새 삶을 살아가는 많은 사람들이 우리를 위로해 준다.

표리가 부동하고 이익만을 좇는 기회주의자와는 관계를 맺지 말아야 한다. 첫 만남이 중요한 것은 기억이 오래가고 쉽게 잊히지 않기 때문이다.

첫인상은 불과 몇 분 사이에 기억된다. 긍정적이고 호감 가는 이미지를 만들어서 자신의 인생을 변화시켜 성공한 사람도 첫 만남의 원리를 터득한 사람들이다.

아무리 기분이 나빠도 웃는 얼굴을 하고 첫 만남을 가져야 한다. 우리말에 웃는 얼굴에 침 못 뱉는다는 말이 있다. 우리는 첫 만남의 인연을 선연으로 이끌어 남에게 난파선의 등대 역할을 해 주어야 한다.

나는 중학교 때에 학교온실관리인과 첫 만남을 통해서 꽃을 가꾸고 사랑하는 마음을 갖게 되고 취미생활을 지금도 하고 있다. 사람이 살아오면서 수많은 첫 만남을 맞이하게 된다.

선연이 아닌 만남은 어떻게든지 피하고 선연은 무조건 만남을 지속시켜서 좋은 관계를 이어 가야 한다.

칠흑의 어둠 속에서 선박이 파손되고 갈 길을 몰라 생사를 헤맬 때에 한 줄기 생명의 빛이 되는 등대처럼 남의 고통을 위로하고 함께할 수 있는 마음을 가져야 한다.

경인년 새해에는 아름다운 인연을 많이 맺어서 소중한 사람들의 행복을 빌어 주고 축하의 말을 마음껏 할 수 있는 해가 되길 바란다. (2010. 1. 4).

42. 나눔은 사랑이어라

나눔은 함께하는 사랑의 실천이다. 나눔은 모두를 풍요롭게 해 줄 수 있다. 나눌수록 넉넉하고 행복해진다. 마음과 물질과 정신 그리고 영혼을 나눌 수 있다.

한 해를 마무리하는 시점에서 나눔을 실천하려는 아름다운 손길이 이어지고 있어 다행스럽다. 얼굴 없는 독지가, 이름을 밝히지 않는 익명의 기부자, 자신을 드러내지 않은 채 매월 일정액을 기부하는 사람들……. 이들을 보는 것만으로도 감동 그 자체다.

최근 70세가량의 여성이 대전시 노인종합복지관을 찾아 신분을 밝히지 않은 채 1억 원짜리 수표가 든 봉투를 건넸다고 한다. '복지관을 이용하는 노인들이 즐겁고 행복했으면 좋겠다.

복지관 발전에도 조금이나마 보탬이 됐으면 한다. 나는 행복하다.'는 말을 남겼다. 이러한 익명의 나눔은 서울, 광주, 대구 등 전국 곳곳에서 나타나고 있어 우리 사회를 따뜻하게 해 준다.

나눔을 통한 자신의 만족과 행복 구현은 물질보다 마음과 정이 얼마나 소중한가를 알게 해 준다. 어려운 가정의 청소년을 위해 학비 등을 내놓는 시민이 있는가 하면 매월 일정액을 사랑의 계좌로 후원해 주는 시민들이 많다.

어느 청소년단체에서는 초등학생 6백 명이 매월 5백 원씩 자동 이체하여 30만 원을 모아 상처받은 어린이를 돕고 있다. 남을 돕는 것은 금전의 과다가 아니라 아름다운 마음의 유무이다.

나누려는 마음만 있으면 무엇으로도 나눌 수 있기 때문이다. 우리에게는 나누고 함께할 수 있는 것이 너무나 많이 있다. 물질로만 나눔을 실천하는 것이 아니고 자신이 가지고 있는 기술, 마음, 정신 등으로 어려운 이웃을 위해 소중하게 나눌 수 있다.

충북음성에 있는 꽃동네는 최규동 할아버지가 산길 옆에 움막을 짓고 말기 암 환자를 밥을 얻어다 먹이면서 간호하는 모습을 본 신부가 얻어먹을 수만 있어도 그것은 크신 주님의 축복이라며 찬사를 보냈다.

수천 명의 장애인, 노숙자, 노인들이 꽃동네에서 둥지를 틀고 편안히 살고 있다. 이름 없이 피고 지는 들꽃을 다수의 사람들은 외면하고 지나가지만 시인은 들꽃을 바라보며 아름다운 시어를 창조해 낸다.

문제는 똑같은 사물이라도 얼마나 관심을 갖고 보느냐이다. 돈 많은 부자가 주변의 어려운 사람을 외면하면 절대로 기부를 할 수 없다. 욕심이 과한 사람도 역시 기부를 할 수 없다. 더 가지려고 발버둥 치기 때문이다.

자장면을 만들 수 있는 주방장이 한 달에 한 번 쉬는 날 자장면을 만들어서 노인정 할아버지와 할머니께 자장면을 대접한다. 이·미용 기술을 가진 사람이 휴일에 이발료가 없어서 머리를 깎지 못하는 사람에게 이발을 해 준다.

가을에 산나물을 뜯어다 건조시켜서 반찬을 만들어서 독거노인과 소녀소년가장에게 가져다준다.

절실하고 어려운 사람을 위해서 봉사활동을 통해 나눔을 실천하는 일처럼 보람된 일이 없다. 돈이 없어도 마음만 있으면 얼마든지 나눔을 실천할 수 있다. 그러나 나눔은 아무나 할 수 있는 것이 아니다. 나눔을 위해서는 준비와 노력이 필요하다.

물질을 나누기 위해서 열심히 일하여 물질을 생산하여 축적하여야 한다. 지식을 나누기 위해서는 밤새워 배우고 익혀서 앎을 깨우쳐 가야 한다. 사랑을 나누려면 측은지심을 갖고 남을 생각하고 배려하는 마음을 가져야 한다.

맑은 영혼과 성스런 마음이 있어야 남을 위한 중보기도를 드릴 수 있다. 마음에 준비를 철저하게 하고 나눌 수 있는 능력을 축적하고 생성하기 위한 피나는 노력이 있어야 참된 나눔을 실천해 갈 수 있다. 경인년 새해에는 나눔을 위해 준비하고 노력하는 한 해가 되길 바란다.

이름 없는 기부자들처럼 조금이라도 나눔을 실천하려는 마음을 가질 때 우리 사회는 아름답고 풍요로워진다. 추운 골방에서 무릎 꿇고 기도하는 참된 목회자처럼 남을 위해 진정으로 기도하고 베푸는 시간이 되도록 최선을 다하는 사랑이 이어져야 한다.

자신의 욕심을 버리는 일부터 시작해야 나눔의 씨앗을 심을 수 있다. 현실에 만족하면서 자신보다 못한 사람 입장에서 타인을 위하려는 노력을 해야 한다.

베풂의 생활화를 위해서 나눔의 희열을 체험해야 한다. 자신이 할 수 있는 주변에서 나눔을 찾아야 한다. 이웃집 할아버지가 병석에 누워 있으면 그를 위해서 쾌유의 기도를 드려야 한다.

굶주려 생명을 잃어 가는 아프리카의 존엄한 생명을 구하기 위해서 버스비 천 원을 아끼려고 몇 킬로미터를 걸어가는 기쁨은 충만하리라.

길을 몰라 묻는 사람에게 따뜻하게 안내해 주는 일도 또한 커다란 나눔이다. 장기기증자는 죽어서까지도 남을 위해 나눔을 실천하는 사람들이다.

우리는 가진 것이 너무 많아 나눌 것이 많은 사람들이다. 시대의 고마움을 알면서 함께 나누는 일에 동참해 가자. 나눔은 진정한 아름다움이다. (2010. 1. 9).

43. 그래도 뒤를 돌아봐야

바쁜 일상 속에서 사람들은 뒤돌아볼 틈이 없다고 말한다. 앞만 보고 달려도 시간이 부족한 세상이다. 만일 꽃길 같은 아름다운 길을 걸어왔다면 뒤돌아봄으로써 그 아름다운 길에 대한 추억과 생각을 다시 하게 되어 기쁘고 행복해질 수 있다.

설령 괴롭고 힘든 일이라도 과거를 뒤돌아봄으로써 현실이 얼마나 감사하고 고마운지를 알게 된다. 힘들 때는 과거에 더 힘들었던 때를 생각하면 극복해 갈 용기와 힘이 생긴다.

하얀 눈길을 진종일 걸어서 발이 부르트고 힘들어도 뒤돌아보면 언제 그렇게 많은 길을 걸어왔는지를 생각해서 다시 용기를 얻게 된다. 등산 초보자가 처음에는 해발 400미터를 올라갔다.

힘은 들지만 정상을 정복했다는 희열을 만끽할 수 있었다. 다음에는 해발 1,200미터의 산을 가자고 하니 자신이 생겼다. 그 후 해발 4,000미터의 정상을 오른 사람이 있다. 아마 이 사람이 처음 400미터를 오르지 못했으면 4,000미터는 상상도 못 했을 것이다. 시작이 반이 되고 반이 전체가 되는 이치를 중요시하여야 한다.

이도 뒤돌아봄으로써 가능해진 일이다. 뒤돌아보고 되짚어 봄으로써 새 힘과 용기가 생기는 일을 많이 만들어야 한다. 인생은 뒤돌아봄으로써 자신감과 용기가 생기는 일을 많이 체험하게 된다. 이미 지나간 일인데 생각해서 무엇 하느냐고 반문하는 사람도 있다.

반드시 지난 일을 돌이켜 봐서 역사의 교훈처럼 지혜를 얻어야 한다. 어떤 요인 때문에 실패하고 성공했는지를, 무엇이 여러 사람을 위해 기여했고 피해를 주었는지를 깊이 생각해야 한다. 긍정적이고 선한 일은 지속적으로 발전시켜 가고 부정적이고 악한 일은 다시는 반복을 해서는 안 된다.

사익과 사감으로 인해서 일을 처리하려고 집착할 때에 반드시 실패하고 후회하게 됨을 인식해야 한다. 우리 속담에 다시는 먹지 않겠다고 침 뱉은 우물물을 다시 먹게 된다는 말이 있다.

변화무쌍한 앞일을 속단하지 말고 남은 사람을 항상 생각하라는 말이다. 집착과 욕심의 결과는 화를 초래하며 주위 사람을 힘들게 한다. 자격과 능력도 되지 않는 사람이 권력을 잡고 출세를 하려고 안달이다.

절대로 해서는 안 되는 일이 현실에서는 가능하기도 하여 사회정의가 바로 서지 않았다고 한다. 자신이 선택한 길이 어렵고 힘들어도 묵묵히 한길을 가면 후일 좋은 평가를 받고 삶의 가치와 보람을 찾을 수 있다. 힘든 농사일을 하면서 틈틈이 시를 쓰는 농민여류시인이 있다.

시를 체계적으로 배우지는 못했어도 시심이 깊어 달빛을 맞으며 배고픔도 잊고 열심히 고구마 밭을 매면서 시상이 떠오르면 몽당연필로 신문지 조각에 시어를 적었다.

집에 와서 다시 시를 정리한 후에 잠을 자는 고달픈 생활을 했다. 그러나 그녀는 행복했다고 한다. 비록 몸은 고달파도 자신이 쓰고 싶은 시를 쓸 수 있었기 때문이란다.

인터뷰하는 기자가 다시 태어나면 어떤 일을 하겠냐고 질문하니 서슴없이 고구마 밭 매고 고추 따면서 농사를 짓겠다고 환하게 웃으면서 말한다. 자신의 직업에 대한 정체성이 확립된 아름다운 농부의 모습이 너무 흐뭇해 보인다.

초지일관할 수 있는 일은 뒤돌아보면 볼수록 아름답고 행복한 것이다. 아무리 바빠도 자신이 바쁘게 걸어온 지난 일을 가끔은 되돌아보고 대안을 생각하기도 하며 길이 아니면 포기할 줄 아는 용기를 배워야 한다.

외길과 옹고집은 자신이 선택한 정의롭고 가치 있는 길이어야 한다. 선비가 지조와 정의를 위해서 초개처럼 목숨을 버리면서 주장하던 모습을 그려 보아야 한다. 이는 오직 국가와 정의를 위해서 한 일이지 사익을 위해서는 하지 않았다.

사소한 이익과 소집단의 이익을 위해 자살하는 일본의 정치인은 의리가 아닌 불의를 짊어지고 자신이 목숨을 바치는 안타까운 일이다. 사물과 사건의 본질적인 가치를 외면한 주군을 위한 죽음은 의리와 선의가 될 수 없다.

감정과 원망으로 복수하려고 외길을 택해서는 곤란하다. 인생은 한 번뿐이기 때문에 자신의 소중한 생을 타인 때문에 오도되거나 포기하는 결과가 된다.

공자는 일일삼성의 삶을 강조했다. 하루에 세 번 반성하여 실수와 후회 없이 살아가라는 교훈을 주었다. 과욕은 반드시 후회하게 되고 후일 어리석음을 한탄하게 된다.

욕망과 과욕을 버리고 조절할 줄 알아야 한다. 정치인들이 흔히 말하는 마음을 비웠다는 말의 진정성이 논란이 되는 것도 시류에 타협하고 욕망 때문에 쉽게 번복하기에 믿지 않으려 하기 때문이다.

욕망을 자제하여 마음을 다스리는 일은 정말로 힘든 일이다. 앞만 보고 달려온 야망을 한순간에 버린다는 일은 쉬운 일이 아니다. 첫눈 내린 길 함부로 밟지 말라는 말이 있다. 뒤에 따라오는 사람이 따라가기 마련이어서 잘못 가면 뒤에 오는 사람도 잘못 걷게 된다.

가정에서나 직장에서나 사회에서도 모범을 보이는 언행이 매우 중요하다. 어린이는 어른을 따라가기 마련이어서 언행을 조심해야 한다.

가풍이 중요하고 직장의 전통이 중요한 것이다. 역사는 끝임 없이 진보하기 때문에 평가와 기록을 생각해서 후일 퇴보하거나 화근이 될 수 있는 악수는 남기지 말아야 한다. 가정과 집단, 사회도 마찬가지다.

남에게 모범이 되고 선망의 대상이 되게 살아가기란 쉬운 일이 아니다. 그러나 목표는 그렇게 두고 생활해 가야 한다. 물론 뒤돌아보거나 생각하기 싫은 일이 있다. 실수한 일로 인해서 엄청난 피해를 본 일이나 결례를 한 일도 그렇다. 때로는 돌아서면 뒤통수가 부끄러운 일도 있을 수 있다.

작가 자신이 쓴 글을 다시 읽으면서 추고하고 독자 입장에서 생각하듯이 인간도 항상 뒤돌아보면서 지나온 길을 타인 입장에서 되돌아봐야 한다.

뒤돌아보는 것은 미련이나 아쉬움이 아니라 평가를 의미한다. 평가는 내일의 계획을 배태하므로 가치가 있다. (2010. 1. 10).

44. 음덕을 쌓아야

사람이 덕을 쌓는 일은 무엇보다 중요하다. 덕인은 남을 용서하고 사랑할 수 있어서 따뜻한 사회를 만들 수 있다. 자신보다 남을 먼저 생각하고 배려하는 정신이 없으면 음덕을 쌓을 수가 없다. 동굴 속의 석순이 수백만 년을 물방울 하나하나가 떨어져 만들어 가듯이 철저한 준비와 수양의 경지에 이르러야 한다.

삶은 고행이고 기쁨인지 모른다. 수행이 고통만은 아니고 행복이며 축복이듯이 인격을 갈고닦아 희열을 익혀 가야 한다. 고행의 본질은 참고 견뎌서 극복해 가는 데 있다.

그 후에 다가오는 편안함과 만족감은 무엇과 비교할 수 없다. 진정으로 성심을 다해서 어려운 사람을 도와주는 일보다 더 값진 일은 없다. 돈과 물질로 도와주거나 기도와 기원으로 도와주는 일이 있다.

영육 간에 부족함을 도와주려는 마음을 갖고 살아가면 행복해진다. 무거운 짐을 지고 가거나 힘든 일을 할 때에 몸과 힘으로 도와주는 일을 해야 한다.

비록 몸은 고단할 줄 모르나 마음이 편안하고 기뻐서 보상을 받게 된다. 영적으로 남을 도와주기 위한 중보기도 또한 대단히 중요하다. 직장동료 중 참인격이 갖춰진 목사님이 있다. 나를 위해 가끔 중보기도를 하고 있다.

이 외에도 나를 위해 쉬지 않고 기도를 해 주는 고마운 사람들이 있다. 지성이면 감천이고 못 이룰 것이 없다는 우리 민족이 존중해 왔던 기복의 마음이 참으로 넉넉하다. 이들의 기도와 음덕으로 오늘의 화평함을 누리는 것 같다.

남을 자신보다 더 소중하게 생각하는 사람은 진정한 박애주의자이다. 나는 남을 위해서 얼마나 기도를 했고 소중하게 생각했나를 생각해 본다. 남을 얼마나 용서하고 포용했나를 되뇌어 본다. 어떤 사람은 하나를 도와주면 열을 도와준 것처럼 선전을 하고 떠들어댄다. 이것을 흔히 양덕이라고 한다.

반면에 남모르게 음지에서 숨어서 도와주고 전혀 티를 내지 않는 선행을 음덕이라 한다. 같은 베풂이라 해도 음덕의 가치를 우리 사회는 선호한다. 음덕은 겸양의 철학을 실천하는 것이다. 양덕은 이미 어느 정도 자신의 덕행을 보상받기 때문에 선행의 본질적 가치와 조금 거리가 있다.

선을 베풀고 쌓는 일은 가정과 자신에게 경사스런 기쁨과 행운이 오게 만든다. 돌아가신 할머니는 참으로 많은 음덕을 쌓으셨다. 지나가는 방물장수나 새우젓장수가 집에 찾아오면 물건을 못 사 주는 것을 미안하게 생각하며 막걸리 한 사발, 찐 고구마 몇 개라도 항상 정성껏 대접하셨다.

웃으시며 잘살 수 있을 거라고 위로와 희망의 말씀을 선사하셨다. 아버지도 남 주기를 좋아하셔서 술대접을 많이 하셨다. 월급을 타면 술이 귀하던 시절 아낌없이 동네 사람들에게 대접하셨다. 그 시절에 아버지한테 얻어 마신 술 이야기를 지금도 하는 사람이 있다. 얼마나 고마웠겠나.

덕분에 우리 형제가 이만큼 사는 것 같다는 생각을 해 본다. 나도 이런 가정의 분위기에서 자라서 남한테 얻어먹는 것보다 사 주는 일을 즐겨 한다. 밥값, 술값, 찻값을 무던히도 많이 냈다. 우리 사회에는 음덕을 쌓는 사람이 많다.

50대 홀 할아버지가 정부에서 주는 월 30만 원으로 생활하는 생활보호대상자이다. 한때는 가난과 질병 때문에 죽음을 생각하였으나 병마와 싸워서 건강을 회복한 후에는 자신이 받은 고마움을 어떻게 갚을까를 생각하다 겨울철 연탄 나르기 봉사활동을 7년째 계속하며 즐거워한다.

비좁은 언덕 오르막길에서 지게에 연탄을 지고 땀을 흘리며 열심히 나른다. 추위에 떨고 있는 할아버지, 할머니가 따뜻하게 겨울나기를 할 수 있음을 생각하면 미소가 절로 나온단다. 살아 있음이 감사와 행복이라며 환하게 웃는 중년의 모습이 아름답다.

삶이란 인간 최고의 가치와 의미를 외면하고 될 대로 되라면서 막 사는 사람은 지금 당장 회개하고 감사와 은혜로 가득 찬 세상을 올바로 바라봐야 한다. 자신이 일한 만큼 대우받고 노력한 만큼 성장할 수 있는 사회다.

사회구성원 모두가 함께하려는 아름다운 가치를 선양하며 살아간다. 특히 추운 겨울철 연말에는 이름 없는 기부천사가 잔잔한 감동을 준다.

기부하는 조건으로 이름을 밝히지 말 것을 약속하며 돈을 내는 음덕을 실천하는 사람들이 우리 사회를 따뜻하게 만들어 준다. 오직 음덕으로 세상에 한 줄기 빛이 되겠다는 마음만 있는 사람들이 많이 있다.

이들이 있어 추운 겨울도 지낼 수 있는 인정과 사랑이 넘치는 살 만한 사회를 만들어 가고 있다. 참으로 아름답고 복된 사회다. 성실하게 웃으며 살아가면 될 일에 너무 억지 부리지 말자.

순리는 인간이 존중하여야 할 위대한 지혜다. 이 지혜를 갈고닦아서 행복하게 살아가야 한다. (2010. 1. 11).

45. 새봄을 기다리며

    금년 들어 오늘 눈이 제일 많이 내렸다. 102년 만에 찾아온 기록적인 한파에 눈마저 20㎝ 정도가 내렸다. 폭설로 인해서 세상천지가 새하얗다. 물론 강원도 산간지방은 눈에 갇혀 꼼짝도 못하며 눈이 녹을 때만을 기다려야 한다.

    남이 생각하기에는 눈 속에 싸여 식구들끼리 오순도순 이야기하는 것도 퍽 재미있을 것 같으나 당사자는 죽을 지경이란다. 이웃 간에 왕래도 못 하고 임시방편으로 길이라도 내려면 여간 힘들지 않기 때문이다.

    기온이 뚝 떨어져 빙판이 우려되고 서울과 중부지방에 교통대란이 발생했다. 그러나 스키를 즐기는 사람들과 업자는 신이 나서 설원을 누비며 흰 눈을 만끽하고 있다.

    인공눈제조경비가 수천억 원씩 드는데 비용이 절약되니 기쁠 수밖에 없다. 스키 마니아들은 스키 타기에 추위를 접어 두고 기쁨만 만끽하면 된다. 제일 춥다는 소한도 지났다. 옛날에는 소한 추위에 얼어 죽은 걸인들이 있었다.

    빈궁한 우리 살림살이를 표현하듯 소한, 대한 넘어가면 얼어 죽을 사람이 없다는 말이 회자한 때가 있었다. 삼한사온이라는 절기의 순리가 비켜 가는 것은 예측 못 하는 기후변화 때문이다. 덕분에 집사람과 눈 쌓인 도솔산 등산을 하였다.

모처럼 흰 눈길을 오르는 기분도 좋았다. 등산객 누군가가 미끄러지지 말라고 솔잎을 깔아 놓았는데 옆에 심어진 소나무와 잘 어울린다. 역시 자연은 자연의 제자리에 있어야 제값을 할 수 있다. 두 시간을 걸으니 이마와 등줄기에 약간 땀이 나며 한기가 가신다. 주변의 풍경이 마치 보름달을 이고 있는 하얀 메밀꽃을 보는 듯한 기분이 든다.

천지가 하얀 눈으로 뒤덮이니 보기가 너무 좋다. 인간은 움직이는 동물이다. 활동을 열심히 할수록 건강해지는 이유다. 눈 녹은 양지바른 남쪽 솔밭 밑에서 귀를 쫑긋 세우고 봄날의 새싹을 기다리는 토끼처럼 희망의 시간이 다가온다.

아마 봄날이 없는 겨울은 토끼의 온전한 삶을 허락하지 않을 것 같다. 소중한 시간을 만들어 가기 위해 사색하고 고뇌하면서 기다리는 시간은 의미가 있다. 푸른 강물이 흐르는 강둑 위에 사뿐히 내린 하얀 눈은 푸른 물과 조화를 잘 이뤄서 이국적인 정취를 자아내고 있다.

지난해 방문했던 우수리스크의 눈 내린 도로와 산하의 아름다움과 같이 보인다. 철로변 야산의 참나무에 매달린 갈색 단풍과 푸른 솔잎은 이국인과 정다운 이야기를 나누듯이 사이좋게 몸을 비비고 있다.

참나무 잎은 단풍이어서 생명을 잃은 채 멍하니 매달려 있지만 푸른 솔잎은 겨울 햇빛을 받아 연명할 수 있는 영양분을 만들고 있다. 웅크리기 쉬운 겨울에도 겨울 솔잎처럼 푸르고 꿋꿋하게 열심히 부지런하게 생활해 가야 한다.

이상기후가 계속되어 북극의 한랭기온이 남하해서 춥다는 기상청의 이야기다. 북극은 기온이 올라가서 만년설이 녹고 열대지역은 기온이 뚝 떨어져 눈이 내린다니 걱정이다. 새봄을 맞기에 엄청난 시련이 따르는 것 같다.

분만하는 산모의 고통이 새 생명을 탄생시키듯 새봄을 맞이하기 위해서 강추위가 엄습해 오는 것 같다. 없는 사람들은 겨울나기가 큰 부담이 된다. 기름 값과 연탄 값이 만만치 않은 현실이다. 봄이란 말만 들어도 마음이 설렌다.

아침을 달리는 열차의 차창가로 눈 덮인 산하가 깨끗하고 아름답게 펼쳐져 있다. 오랜만에 흰 눈을 즐기는 마음이 퍽이나 좋다. 모두를 비우고 넓은 마음으로 맞이해서 깨끗하게 다시 채우는 흰 눈이다. 상록의 향나무 초록 꿈이 이루어진 것 같다.

푸른 잎을 덮은 하얀 눈은 가지를 늘어뜨리고 향나무는 즐거운 듯 자신의 잎과 눈의 조화를 잘 이루고 있다. 봄을 잉태하는 것은 새색시가 아기를 잉태하는 것과 같다는 생각이 든다. 순결과 소망의 아기를 갖듯이 흰 눈은 새봄의 찬란한 꿈을 잉태한다.

새싹을 키우고 열매를 맺고 꽃을 피워 세상을 아름답게 만들어 가는 희망의 꿈을 심고 가꿔 갈 것이다.

봄을 생각하면 자연의 섭리가 신비롭고 존귀하기까지 하다. 동장군 속에 속삭이는 봄의 노래를 들을 수 있는 마음이 따뜻하게 느껴진다. 새봄을 숨 쉬고 있어 다가오는 봄의 의미가 있다.

귀여운 아기를 분만하듯이 우리는 따스한 봄날 꿈의 도래를 기원해 본다. 새봄의 노래는 반드시 확신에 찬 희망의 노래여야 한다. 우울하고 절망스런 말은 땅속 깊이 묻어 두고 가슴 설레는 단어가 용트림치는 이야기를 모아 가자.

온 국민 모두가 자신감 넘치는 희망의 노래를 함께 부를 때에 모두가 참여하고 기뻐하리라. 각자가 소망하고 꿈꾸는 다양한 희망이다. 혹자는 건강이, 자기 집 마련이, 결혼하는 것이 꿈이다.

얼마나 소박하고 당연한 꿈인가. 이것을 금년에는 이루도록 정성과 지혜를 모아야 한다. (2010. 1. 14).

46. 겨울나무

　나무는 인간에게 무한한 혜택을 준다. 바램이나 조건 없이 일방적으로 베풀기에 더욱 고맙다. 성인군자의 지행과 같은 일관된 베품이다. 나무 잎은 탄소동화작용을 해서 사람과 동물에게 맑은 산소를 공급해준다. 아마 나무가 없으며 동물은 존재할 수 없을지 모른다. 땔감과 정원수를 공급해주고 쉼터를 제공해 주고 있다. 찌는 무더위 때에는 청량한 그늘을 만들어서 시원하고 안락한 휴식처를 만들어준다. 지나가는 나그네는 물론 매미와 새들에게도 안식처를 제공해주니 얼마나 고마운 나무인가.

　새들은 고맙다는 듯이 지저귀며 노래로 답한다. 계절의 변화를 노래하면서 시간의 소중함을 알려주고 연인들의 사랑의 언어를 담아둔다. 수없이 많은 시간을 나무 밑에서 속삭이며 사랑을 키워왔던 조상들의 멋을 나무는 알고 있다. 시문을 짓고 덕담을 나누었던 사연 많은 곳이다. 때론 정쟁을 비평하며 인간의 도리와 충절을 이야기했다. 서민들은 아들자랑, 며느리 자랑과 흉을 보며 불만과 한을 삭혔던 곳이다. 그 수많은 이야기를 전하거나 평하지 않고 모두 포용하는 것이 바다보다 넓다.

마을입구의 고목은 마을의 상징이며 수호신으로 수천 년을 함께 해왔다. 랜드 마크로 마을이 있음을 상징해 주고 있다. 몇 년 만에 고향을 찾아오는 사람에게는 저만치에서 마을 어귀에 우뚝 솟은 느티나무를 바라보며 옛날을 상기하게 해준다. 힘든 농부가 점심을 먹고 한숨단잠을 자던 곳이다. 할머니가 사랑하는 손자에게 옛날이야기를 들려주며 시간을 보내던 추억의 산실이다.

정자나무 밑은 학교이고, 경로당이며 마을회관의 역할을 해왔다. 나무는 옛날에는 식사를 짓고 물을 끓여주면서 방을 따뜻하게 데워주었다. 삶을 유지시키고 문화를 발전시키는 원동력의 역할을 담당하였다.

도심도로가에 자리한 오늘의 은행나무와 느티나무 가로수는 추운 겨울의 고맙고 소중한 햇빛을 가로막지 않기 위해서 낙엽을 떨쿠고 앙상한가지를 드러내고 있다. 남에게 피해를 주지 않고 배려하는 마음이 이보다 더 큰 것은 없을 것이다. 나무에게는 오직 혜택만 있을 뿐 해로운 것이 한 점 없다.

고맙고 사랑스런 나무을 외면하며 무심코 살아가는 세상이 안타깝다. 마치 산소의 고마움을 잊고 숨 쉬며 사는 것과 같다. 대전의 가로수는 대부분 이삼십년 된 은행나무이다. 은행나무는 가을에 무수히 떨어지는 낙엽 때문에 청소부에게 미안 한 듯 열매를 떨어트리지 않고 있다.

혹독한 겨울의 눈바람과 북풍이 흔들어도 떨어지지 않고 나뭇가지에 매달려있다. 매서운 추위가 지나자 지친 듯이 미풍에도 앙상한 가지에 달려있는 은행을 땅에 떨어트리는 2월이다. 잎 새 하나 없는 메마르고 앙상한 외로운 가지에 두어 달을 매달고 있기가 이제 너무 지쳐서 은행과 이별을 한다.

육질이 말라 오므라든 은행이 길가에 떨어져 널려있다. 지난해 말 아내와 주운 가로수 은행을 아내는 아침마다 대여섯 알 씩 구워서 식탁위에 올려놓는다. 나의 건강을 염려해주는 마음이 참으로 고맙다.

은행에는 많은 효능을 지닌 성분이 들어있어 우리조상들이 귀하게 사용하여왔다. 은행은 피를 정화시키는 역할을 하여 폐의 기능을 원활하게 해 준다. 그래서 폐질환환자가 즐겨먹는 은행이다. 우리나라 은행나무는 1천여가지 성분으로 구성된 잎의 유효물질 배합구조가 다른 나라 것보다 독특하여 약효성분이 10`~20배나 높아 인기가 많다. 어렸을 때에 은행을 주워서 맨손으로 벗기면 손이 가렵고 빨간 피부염이 생겨서 손가락을 마구 긁었던 기억이 난다. 은행을 감싸고 있는 껍질에는 구린 냄새가 나는 '비오볼'이라는 독성 물질이 들어 있기 때문이다.

은행나무에는 '플라보노이드'라는 살충, 살균 성분이 있어 나무가 병들거나 벌레나 해충이 먹는 일이 없었다. 그러나 최근에는 아무것이나 마구 갉아먹는 흰불나방 때문에 은행나무도 수난을 겪고 있다.

은행에는 단백질, 철분, 칼슘, 비타민 A, B1, B2, C 가 풍부하여 부족하기 쉬운 영양분을 제공해준다. 가공식품으로 캔 조림, 진공 팩 제품, 분말을 이용한 국수, 면, 과자, 된장, 술을 만들기도 한다. 의학적으로 콜레스테롤을 저하시켜주며 혈관을 확장해서 혈압조절, 말초혈관 확장, 혈액순환촉진, 뇌혈류증, 뇌대사촉진, 뇌신경계, 척추신경계, 노인성천식, 심장질환, 퇴행성신경계, 혈관응집저해, 쇼크

방지, 항알레르기, 면역능력증가, 암, 류머티스 등에 효과가 있다. 은행이 마치 만병통치 약 처럼 느껴지기도 한다.

은행나무는 해충, 질병에 대한 저항성이 강하며 매연, 분진, 이산화질소, 아황산가스 흡수, 신선한 산소배출이 일반 나무 보다 5배 이상 많은 공기정화수이다. 뿐만 아니라 토양, 수질오염, 중금속 오염까지도 정화시키는 능력을 갖고 있다. 밤에 자면서 이불이다 오줌을 싸는 야뇨증이 있을 때 은행을 구워 먹으면 효과가 있다.

옛날에는 아이가 이불에 오줌을 싸면 치를 쓰고 이웃집에서 소금을 얻어오게 했다. 그러면 이웃집 아주머니는 부지깽이로 치를 때리며 소금을 뿌렸다. 어린아이는 놀래서 울면서 돌아오던 모습을 보던 기억이 난다. 은행나무의 껍질, 열매, 뿌리, 잎은 한약의 재료로 쓰인다. 은행나무 잎에는 몸에 피가 잘 흐르도록 도와주는 징코민이라는 물질을 함유하고 있어 약품을 만드는데 쓰인다.

깊어가는 가을밤에 책을 읽다가 다른 일이 생기면 은행잎을 책갈피상단에 끼워 두면 다시 찾기에 편리하고 또 색다른 멋과 운치가 있으며 책에 좀이 쓸지 않게 해준다. 또 잎을 헝겊에 싸서 집안 구석에 놓아두면 해충 등이 없어지는 효과를 볼 수 있다. 잎에는 독특한 성분을 지니고 있어 벌레가 살지 못하는 청결한 나무다.

열매는 음식의 재료로 쓰이며 은행나무는 가구, 바둑판, 밥상 등을 만드는 데 사용한다. 은행나무는 잎, 열매, 나무을 모두 사람들의 생활에 중요한 자료로 사용되고 있어 버릴 것이 하나도 없다. 세상에 은행나무처럼 버릴 것 하나 없는 나무도 없을 것이다.

일찌감치 잎을 떨군 느티나무는 잔가지가 겨울바람과 술래잡기를 하듯 이리저리 가지를 흔들며 노래를 부른다. 가로수 백합나무도 열매를 매단 채 봄을 기다린다. 참새들 지저귀는 터전을 만들고 여유로움을 즐기고 있다. 한적한 시골에 사는 참새는 바람이 울리는 전기 줄 소리에도 놀라 달아난다. 그러나 도시의 참새는 트럭의 요란한 크락숀 소리에도 끔적 하지 않는다.

가로수 은행나무가지에는 항상 수십 마리의 참새들이 떠들며 하루를 보낸다. 참새도 환경에 적응을 잘하면서 살아간다. 사회부적응 청소년이 늘어가고 있는 현실을 보면 참새의 적응력이 얼마나 차원이 높은가를 생각하게 된다. 청소년들에게 참새처럼 자유롭게 떠들고 푸른 하늘을 나르며 살아가는 방법을 연구해야함을 인식한다.

버드나무는 일찌감치 잎을 떨쿠고 가는 가지를 바람결에 흔들며 유희의 춤을 추고 있다. 여름날 그렇게 무성했던 푸른 잎을 그리면서. 힘차게 뻗어가는 버들가지는 나에게 도전과 희망의 노래를 불러주었다. 여간 고마운 나무가 아니다. 분노와 투쟁의 외길을 생각했을 때에 여유와 다양한 방법을 생각하며 시간의 흐름을 기다리게 해주기도 했다. 고마운 나무에게 물 한 방울 주지 못하고 마음속으로 잘 자라라고 기원하는 것이 전부이다.

삭막한 겨울이지만 생명이 숨 쉬고 노래하는 모습을 찾을 수 있는 자신이 다행스럽다. 가진 것 없는 벌거벗은 겨울나무의 눈앞은 생사를 가르는 매서운 추운만 있어도 불평 없이 넉넉한 희망의 봄을 그리면서 꿋꿋이 서있는 나무다. 생명력 질긴 겨울나무를 나는 언제부터가 좋아했다.

가끔 찾아오는 햇살 한줄기로 봄날에 피어날 새잎의 소망을 키워 가는 것 같다. 도솔산 등산로 옆 조그만 습지에 생명을 다한 노란 수련 잎이 자리를 지키고 있다. 뿌리는 새봄의 파란 새싹을 간직하고 있겠지.

참나무처럼 잎과의 이별을 싫어하는 나무는 없다. 누런 잎을 아직도 가지에 매달고 이별을 거부한다. 따스한 볕과 찾아오는 봄비가 내리면 그제서 이별을 시작한다. 3개월 동안 단풍든 잎을 달고 있기에 지친모양이다. 바람이 불고 눈보라가 쳐도 끄덕 않고 빛바랜 참나무 잎을 매달고 있는 애착에 생사를 가르는 이별의 의미를 생각하게 한다.

탄생과 죽음의 윤회가 자연에서는 일치하는 것 같다. 나무는 잎만 떨쿨 뿐이지 뿌리와 가지에는 생명의 전율이 흐르고 있다. 따스한 봄날을 노래하며 파란 새싹을 키워가려는 은행나무의 소박한 꿈이 욕심 많은 인간에게 자정의 메시지를 던져준다. 쉬지 않고 달리는 자동차소음과 매연을 뒤 집어 쓰고 꿋꿋이 버티고 서 있는 은행나무의 생명력은 무엇과 비교할 수 없이 강인하다.

의지와 꿈은 삶을 지탱시키고 용기를 주는 요소다. 의지와 꿈이 없는 삶은 암흑 속을 걸어가는 어리석음과 같다. 경제적으로 어렵고 세상살이가 힘들어도 끈질기고 당차게 살아가야한다.

글로벌시대의 중요 경쟁요인을 자연적이고 전통에서 찾아야한다. 과학, 예술, 슬기가 함께하는 우리문화는 무한한 요소를 갖고 있다. 이 요소를 찾고 전승해서 내일을 발전시켜 가야한다. 잎 떨쿤 가로수의 강인한 생명력처럼. (2010.1.30.)

▌약 력

충남대학교를 졸업하고 대만R.T.I.에서 지역사회와 청소년 연구를 마친 후 대구대학교 대학원에서 지역사회학을 전공하여 행정학 박사학위를 취득하였다. 청소년지도연구원장, 한국청소년학회장, 대전지역사회개발협회장 등 30여 년을 한결같이 청소년과 지역사회에 대한 학문연구와 지도자로 활동하고 있다. 국가시험 청소년지도사 출제위원 겸 검정위원, 청소년상담사 자격검정위원으로 활동하고 있다. '으름꽃향기를' 등 수필집 네 권이있으며 문인협회 회원으로 활동하고 있다. 한양대학교 대학원 외래교수를 거쳐 평택대학교 학생처장, 사회교육원장, 사회복지대학원장을 역임하고 현재 청소년복지학과교수로 재직 중이다.

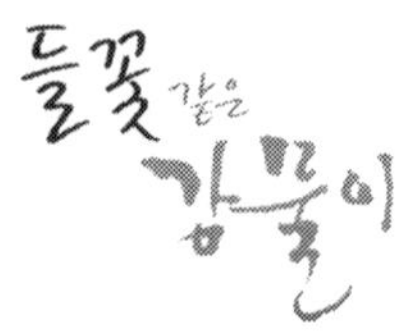

초판인쇄 | 2010년 3월 27일
초판발행 | 2010년 3월 27일

지 은 이 | 정하성
펴 낸 이 | 채종준
펴 낸 곳 | 한국학술정보㈜
주   소 | 경기도 파주시 교하읍 문발리 파주출판문화정보산업단지 513-5
전   화 | 031) 908-3181(대표)
팩   스 | 031) 908-3189
홈페이지 | http://www.kstudy.com
E-mail | 출판사업부 publish@kstudy.com
등   록 | 제일산-115호(2000. 6. 19)

ISBN   978-89-268-0940-2 13810 (Paper Book)
        978-89-268-0941-9 18810 (e-Book)